KB265390

청평 청년의 연금술

청평 청년의 연금술

초판 1쇄 인쇄일_2007년 8월 1일
초판 1쇄 발행일_2007년 8월 8일

지은이_최정운
펴낸이_최길주

펴낸곳_도서출판 BG북갤러리
등록일자_2003년 11월 5일(제318-2003-00130호)
주소_서울시 영등포구 여의도동 14-5 아크로폴리스 406호
전화_02)761-7005(代) | 팩스_02)761-7995
홈페이지_http://www.bookgallery.co.kr
E-mail_cgjpower@yahoo.co.kr

ⓒ 최정운, 2007

값 12,000원

ISBN 978-89-91177-43-7 03810

청평 청년의 연금술

| 최정운 지음 |

북갤러리

들어가는 말

내 고향 청평은 푸른 산맥에 북한강이 흐르는 천국과도 같은 고장이다.

한쪽 어귀에는 높은 산이 있고, 그 아래 강이 휘돌아 지나가는데 많은 세월에 의해 가파른 절벽과 함께 깊은 호(湖)를 이루고 있다.

궂은 날에 소용돌이가 이는 그곳은 한강에서도 가장 깊다고 소문이 나 있고, 그 아래에는 '백년잉어'의 전설도 있다.

여기 언어는 그 호수에서 자란 은어인지 모른다.

고통의 깊음 속에서 길어 올려진 것들이다.

청평호수의 물이 화천호수의 물로부터 기인된 때문인가?

나는 화천소녀로부터 모든 고통을 떠안아 받게 되었다.

오랜 투병의 고통 속에서도 순수(정신)의 빛을 잃지 않고 홀로 고독하게 죽어간 이 세대 마지막 정신주의자 길은정.

그녀의 그 '은빛영혼'을 기리며 이 글을 적는다.

오늘날 철학(인문)이 끝났다고 한다.
이제 정신적 가치들은 모두 빛을 잃었다.
대신 물질적 가치들이 세상의 빛이 되었다.
이제 철학(종교)의 행로는 어디인가.

철학(종교)이 있어온 궁극의 이유는 철인(성인)을 낳기 위해서이다.
철인이 다스리는 세계야말로 철학의 궁극적인 소망이 아닐 수 없는 것이다.
그러므로 이 시대 철학(人)이 해야 할 일은 스스로 철인이 되거나, 또다시 철인으로 오는 이가 이 세대를 비켜가지 않도록 자신을 일깨우는 일이다.
오는 철인이 바로 이 시대에 진정한 희망이 될 것이기 때문이다.

철인(성인)은 연금의 목적을 이룰 '현자의 돌'이고,
진리를 마패(馬牌)로 품고 오는 정도령이다.

그럼 진리란 무엇일까?
진리란 중도로서 한쪽으로 치우치지 아니하고 '균형'을 이룬 말이다.
그 중도는 이것도 아니고 저것도 아닌, 중간과 같은 것이 아니라 이것도 포함하고, 저것도 포함하게 된 'cross over'와 같은 것이다.
'경계'를 넘은 것이다.

"진리가 너희를 자유케 하리라."(요 8:32)

진리는 인간 정신이 지향하는 가나안이다.

인간 정신은 자유하는 그 땅을 찾기까지 부평초의 유랑을 그칠 수 없다.

진리의 땅에 닿고야 비로소 떠돎을 멈추고 안식을 취할 수 있는 것이다.

진리가 정신이 지향하는 가나안이 듯, 건강은 육신이 지향하는 가나안이다.

'균형'을 통하여 몸 또한 자유(건강)에 이른다.

'중도와 균형', 이것이 바로 새 시대의 코드다.

새천년, 이제 종교를 말하려면 과학을 말하고 과학을 말하려면 종교에 대해 먼저 알아야 한다.

상대를 인정할 수 없는 것은 진리가 아니다.

중도를 이루려면 먼저 자신의 경계를 넘어야 한다.

'이기(利己)'를 극복해야 한다.

자신을 넘어서는 것이 중도(진리)로 나아가는 길이다.

이기의 자신을 부정하고 그 경계를 넘는 일은 로켓이 지구의 경계를 넘는 일과 같다. 자신의 몸을 불살라 하늘 높이 오르고, 그 마지막에는 자신의 몸체를 버려야 하는 것이다.

자기를 다 버려야 진리로 자유하는 무중력의 세계에 이른다.

현실에서의 자기를 버리는 일은 죽음보다 어려운 일이다.

하지만 존재가 가나안에 이르는 길은 이 방법 밖에는 없다.

그것은 금속이 연단을 통하여 황금이 되는 과정과 같아, 곰이 사람(웅녀)이 되었던 과정도 이와 같은 과정이었고, 춘향이 님의 사랑이 되는 과정도 이와

같은 과정이었으며, 신데렐라가 왕자의 신부가 되는 과정도 이와 같은 과정
이었다.

우주사(宇宙史)는 모두 이와 같은 과정에 의해 이루어지는 것이다.
이 글은 이 세대의 '버림받은 자' 의 노래이다.
정신의 길을 따른 길 마지막에서 버림받고, 같은 모양으로 버림받은 또 한
영혼을 보았고, 그에 따른 슬픔과 고통을 가눌 수 없는 터에 자신 스스로를
버릴 수 없어 짓게 된 글이다.

아픔이 깊은 곳에서 손수 길어 올리는 이 은어가 이 시대같이 아픈 이들에
게 건강의 빛이 됐으면 좋겠다.
때마침 시대의 아픈 자의 외침이 메아리처럼 울려서 전해왔다.
조승희 사건은 이 시대에 전하는 하늘의 경종이다.

'한류바람' 이 다방면에 걸쳐서 세계를 향해 불고 있다.
하지만 이제까지의 한류바람은 내적 가치의 한류를 위한 전령이었다.
이제 불 내적 가치의 한류야말로 진정한 의미에서의 한류가 될 것이다.
내적 가치가 있고서야 다른 모든 가치도 의미가 바로 서게 되는 것이다.

2007년 6월

청평청년 **최 정 운**

차 례

제3부

제6부

1부

종교와 과학

종교와 과학은 관점에 의해 나온 것이다.

종교는 의미 세계에 대한 것을,
과학은 사실 세계에 대한 것을, 각각 보게 된 것이다.

인간은 마음과 몸의 두 구조가 어울려 이루어진 두 구조의 합산체로,
마음은 의미 세계에 대한 것을, 몸(몸의 눈)은 사실 세계에 대한 것을,
각각 관조하게 된 것이다.
이렇게 종교와 과학은 인간 두 구조의 활동이 전개되어 나타난 두 구조의
활동사로, 인간 역사를 이루는 모든 활동의 축(軸)이 되어 온 것이다.

종교는 보이지 않는 내적 세계의 질서와 법을 구했고,
과학은 보이는 외적(물질) 세계의 질서와 법을 구했다.

지금까지 두 세계가 가진 세계관은 상이한 것으로 여겨져 왔다.
그리하여 인간의 몸과 마음이 서로 하나 되지 못하고 충돌하듯이,
종교와 과학은 서로 하나 되지 못한 채 충돌하여 온 것이다.
서로 다른 관점으로, 다른 이해와 다른 주장을 한 것이다.

하지만 마음의 세계와 몸(물질)의 세계가 정말 다른 것일까?
의미 세계와 사실 세계가 다른 세계일까?

몸과 마음이 결코 다른 것이 아니고 하나이듯이(하나가 돼야 하듯이)
이제 종교와 과학은 서로 통하는 것으로 하나 되어야 한다.

오늘날 과학은, 밖으로 수십억 광년의 은하 저편 세계를 밝히 보고
안으로 물질의 최소 단위인 미립자의 세계를 면밀히 보게 되었지만,
정작 인간과 사물의 내적세계에 관해서는 아무런 설명도 못하고 있고,
오늘날 종교는, 현대과학이 주는 객관적 사실(증거)들을 무수히 제공받아
분명하게 보고 있으면서 구태의연한 자기 논리와 주장을 굽히지 않고
있다.

이제 종교와 과학은 한 자리에서 만나 본질에 대한 답을 분명히 하여야
한다. 하나로 통하는 진리로써, 인류가 가는 발걸음에 질서를 확립해 주
어야 한다. 그 질서가 세계를 하나 되게 하고, 인류의 이상을 이루게 할
것이기 때문이다.

바야흐로 크로스 오버(cross over) 시대가 왔다.
이제 종교는 신(神)을 말하기 위해 과학을 말해야 하고,
과학은 물질을 설명하기 위해 신(神)을 설명해야 한다.

신이야말로 자연과 과학의 아버지(本體)이며,
물질이야말로 신과 의지의 자기현현인 것이다.

현금에 있어 종교와 과학의 상충원인은
우주시원(宇宙始原)에 대한 입장차가 주요 원인이다.

이 우주시원(창조와 진화)을 밝힘으로써,
모순된 상충의 역사가 맺음 될 것이다. ●

창조와 진화

1

이쪽에서 '간다' 라고 하면
저쪽에선 '온다' 라고 한다.
각자의 위치에서 말하기 때문이다.
창조론과 진화론 이야기도 이와 마찬가지이다.
창조론과 진화론은 마음과 물질의, 의미세계와 사실세계를
각각, 각자의 위치에서 말하게 된 것이다.

의미세계에서 보면 우주 창조이고
사실세계에서 보면 우연 폭발이다.

2

빅뱅의, 나타난 현상을 물리적 관점에서 보면 우연 폭발이고,
현상의 내부에서 작용했던 의지를 관점으로 보면 우주 창조이다.

종교의 창조론은 내면세계의 세계관으로
직관적 관념에 의해 나온 것이고,
과학적 진화론은 외면세계의 세계관으로
객관적 관찰에 의해 나온 것이다.
이것은 어느 것이 옳고 틀린가의 문제가 아니라

관점(차)에 대한 문제이다.

종교는 현상의 내부에서 이루어진 진실에 관한 것을,
과학은 현상의 외부에서 이루어진 사실에 관한 것을,
각각 말하게 된 것이다.

처음, 하나의 소리(音)가 있었다.
짧은 소리(단음)에서, 점차 긴 소리가 나왔고
이어 음조와 리듬이 가미되었다.
음악이 된 것이다.
여러 가지 소리(악기)가 더해지며 화음을 이루고 장르가 생겨났다.
소리는 더 복합을 이루어 오케스트라와 밴드를 이루게 되었다.
그리고 최근엔 장르를 넘나드는 크로스 오버가 왔다.
월드음악시대가 된 것이다.

이 과정은 전체의 큰 흐름(외면)에서 보면
하나의 소리에서 복잡한 소리에로 발전해 가는 소리의 진화이다.
하지만 그 흐름 내부에서 전개되는 내용(의지)을 중심으로 하고 보면
소리는 순간마다 창조되어 나오는 의지의 창작물이 되는 것이다.

하나의 음에서 오케스트라와 밴드의 음악이 나온 것은

창조인가?
진화인가?

이것은 또 다른 많은 전자제품 발전의 예이기도 하다.

3

태초의 창조는 이어 어떻게 전개되었는가?

진화 없이는 창조도 없고,
창조 없는 진화도 없다.

모든 창조는 진화에 의한 것이고
모든 진화는 창조에 의한 것이다.

모든 존재는 그 내부에 어떤 '의지' 가 있는데,
그것은 자신이 보다 완벽한(행복한) 존재가 되려는 것이다.
그것은 곧 자신의 (존재에게 필연적으로 있는) 단점을 극복하려는
의지이기도 하다.

하지만 그러한 의지는 곧바로 실현되는 것이 아니라

수많은 과정을 거쳐서 이루어지게 되는 것이다.

그 단점을 극복하려는 의지가 실패와 좌절을 거듭하다가

어느 순간 실패를 딛고 일어서는(극복하는) 때가 오는데

그 순간이 바로 창조가 이루어지는 순간인 것이다.

그러므로 엄밀한 의미의 '진화' 는

창조를 이루기 전에 진행되는 '보이지 않는 모든 노력들' 이다.

한 의지가 일어섬과 넘어짐을 반복하는 전과정이 다 진화인 것이다.

창조는 현재(峕)의 눈의 창에는 보이지 않는다.

창조는 그 개체의 내부가 가진 '내면 폭발' 일 뿐

다른 개체(우주)에서는 그것을 볼 수 없다.

단지 수많은 세월이 흘러

그 폭발 즉, '극복된 의지' 가 서서히 본모습을 갖춘 후에야

보이는 형태의 '외면적 창조' 를 말할 수 있게 해주는 것이다.

보이는 변화로 나타난 것들은 다 창조가 이뤄낸 변화이다.

지금의 과학이 말하고 있는 진화는

연속된 창조 즉, 창조의 창조를 설명하고 있는 것이다.

창조가 거듭 진행되어 현재 과학이 설명하는 진화곡선을 그린 것이다.

과학은 현상적인 것에 의해서만 설명을 하는 것이고
그것이 눈으로 확인 될 때에만 어떤 이름을 붙이게 되는 것인데,
눈으로 확인될 만큼의 변화를 보이는(진화된) 개체는 사실,
이미 오래전에 그 내부에서 창조(개벽)의 과정을 가진 것이다.
그 내부적 창조가 오랜 시간 속에서 외부적 진화를 이뤄낸 것이다.

그러므로 창조와 진화는 흡사 밤하늘의 빛나는 별빛과 같다.
지상의 관찰자가 인식할 수 있도록 실체를 나타내 보이고 있는 별빛은
이미 수많은 시간의 우주공간 속을 뚫고 지나온 별빛인 것이다.

이처럼 창조는 진화의 끝에 있는 진화로,
창조는 진화의 결정물(結晶物)이다.
그리고 인간은 그 모든 진화의 결정물이다.

우주 폭발을 다시 보면
폭발이 바로 의지의 발현인 것이므로, 빅뱅이 곧 창조이지만
폭발 직전의 먼지 성운이 결집되기까지의 숲과정은 진화인 것이다.

이처럼 영원한 시간 속을 진행하며 이뤄지는 삼라만상의 이 우주는
창조와 진화의 쌍두마차에 의해 펼쳐지는 수레의 그림이다.

수레(바퀴)가 연속으로 구르며, 반복에 반복을 거듭하는 것 같지만
그 바퀴의 자리는 또 어딘가 새로운 지경을 지나고 있는 것이다.

4

인류는 최근 TV를 통해 구들 박사의 오랜 연구 끝에 밝혀진
인간과 가까운 영장류, 원숭이와 침팬지에 관한 보고서를 접하게 되었다.
그 보고서에는 인간 원류(유인원)에 대한 모습이 생생하게 담겨있었다.

도구를 이용하여 각종 먹이를 취득하는 모습,
그것을 학습으로 자식(새끼)에게 전달하는 모습,
죽은 새끼를 그리워하며 오랫동안 곁을 지키는 어미의 모습,
또 집단(정치)적으로 분쟁하며 동족을 살해하는 충격적인 모습까지…….
놀랍지만 부정할 수 없는 인간 처음의 모습이 담겨져 있었다.
도저히 부정할 수 없는 인간 원류의 단서들이었다.

인간은 옛 유대민족이 자신들을 선민으로 믿었던 것처럼,
또 유신론자들이 자신들만의 구원을 믿는 것처럼,
자신이 우주 안의 특별한 존재라고 생각해왔다.
신의 자녀로서 유일한 인격체라고 믿어왔다.

인간이 신의 자녀로서 특별하게 선택된 인격적 존재임은 사실이다.
하지만 그 창조를 이룬 숫과정은 다름 아닌 진화임을 알아야 한다.

인간이 원숭이로부터 진화됐다는 과학적 사실이
인간이 가진 가치의 숭고함에 손상을 주는 일인가?
인간이 원숭이로부터 진화됐다는 이 진화적 창조가
유신론자들이 생각하는 단순 창조보다 가치 없는 것일까?

생명에 생명을 넘어서며, 억겁의 시간 속에 이루어진 이 창조는
유신론자들이 생각하는 단순 창조보다 더 값지고 가치 있는 것이다.
생명의 피땀과 눈물 어린 수고로 이루어진 이 신의 '진화적 창조' 야말로
그들이 주장하는 신의 '단순 창조' 보다 수만 배 귀하고 거룩한 것이다.

"신이 우주를 창조했다"라는 말은 과학적이지 않다.
과학적이려면 중간(과정)에 대한 설명이 있어야 한다.

"신은 진화를 창조했다."

신은 진화의 방식으로 창조를 이루시는 것이다. ●

닭이 먼저냐, 계란이 먼저냐

1

이것은 지금까지 과학자들 사이에서도 끝없이 쟁론돼 온 물음이다.
현대과학이 이 문제를 풀지 못한 것은, 유감스럽게도,
진화를 몰랐기 때문이다.
즉, 진화가 다름 아닌 '개체 내의 창조' 라는 사실을 몰랐기 때문이다.

'개체 안에서의 창조.'

하나의 개체는 자신에게 있는 단점을 극복하기 위하여
자신 안에서의 창조를 부단히 노력(소망)하여 나아간다.
이 '자신의 창조' 는 죽음보다 어렵고 힘든 일이지만,
수많은 실수와 실패의 과정(역사적 과정)을 거쳐,
마침내 자신의 뜻을 달성하는 한 정점에 이르게 된다.

새로운 종의 기원이 시작되는 순간이다.

자신의 단점을 극복하는 정점에서 이루어지는 이 창조는
개체의 내부에서 일어나는 너무나도 크고 위대한 사건이다.
하지만 그것은 그 개체 내부에서 일어나는 크고 놀라운 사건일 뿐
그 외부에서는 대단하지도, 특별하지도 않은 미미한 사건이다.
그저 표정이나 색깔(안색) 정도가 조금 달라진 것이라고 할까?

외부에서 바라본 그 개체는 전혀 새롭지도 않은 존재인 것이다.

하지만 그는 이제 시간이 지나면 점차 구별될 하나의 양상을 내부에 갖게
된 것이다.
즉, 진화의 방향을 찾아 세우게 된 것이다.

"난 인간이다"라며 우주의 중심임을 자각했던 최초의 인간도
당시 존재하고 있던 다른 유인원과 크게 다르지 않았다.

신의 선택을 받았다는 옛 이스라엘 민족도 타민족과 다르지 않았으며,
신의 아들이라고 했던 예수 또한 다른 이와 구별된 존재가 아니었다.
보이는 외부적인 요인으로는 결코 자신을 '다르다' 증거할 수 없었다.

하지만 내면에서는 다른 것이 있었다.
많은 시간이 흘러서야 보여주게 될 내면의 한 성향 즉,
진화로서만 나타내 보일 수 있는 하나의 성향을 가지게 되었던 것이다.
시간만이 그 개체가 지닌 내면의 뜻을 나타내어 보여줄 것이다.

2

태초의 닭은 어떤 한 꿩(또는 그 비슷한 조류)에서 나왔다.

그 꿩 내부에 어떤 창조(야생을 버리려는 의지의 실현)가 있었고,
그 내부의 창조가 오랜 시간 속에서 외부적 변화를 이루어
마침내 지금과 같은 닭의 모습으로의 변화를 이루게 된 것이다. ●

우주의 구성

1

우주는 빛과 함께 시작되었다.

그 빛은 폭발에 의한 것이다.

또 그 폭발은 의지에 의한 것이다.

태초의 빛에 의해 우주는 밝음과 어둠의 큰 구분을 하게 되었고,

밝음과 어둠의 음양(陰陽)은 다시 그 전개에 의하여 기승전결(起承轉結),

춘하추동(春夏秋冬), 동서남북(東西南北), 상하좌우(上下左右)로 시간과 공

간의 사행적 구조를 이루게 되었다.

음양의 큰 틀에서 전개된 사행적 구조는

다시 각각 정분합(正分合), 상중하(上中下)의 3단계 과정을 거쳐

12단계의 과정과 24단계의 과정을 이룬다.

이것은 공간이 사방에서 팔방으로 이어져 원을 이루고,

시간이 사계의 12달(12시간)과 24절기(24시간)로 이어져

원을 이루는 과정이다.

이러한 과정은 우주의 구조(공간)와 역사(시간)를 이루는 과정으로

전방위(全方位), 24시의 타원(楕圓)을 이뤄 영원성을 이루는 과정인 것이다.

인생과 인생의 이야기(드라마)가 인과응보, 기승전결 등으로 전개되는 것은

인간이 만들어서가(의도해서가) 아니라 우주원리가 먼저 그러하기 때문이
며, 그러한 우주원리에 의하여 신화와 역사, 인간 이야기가 펼쳐지는 것
이다.

이와 같은 우주의 생성과정은 생명(인간)이 그대로 답습하여 따르게 된다.
전적으로 내적 신앙이 모토가 되어 이뤄진 이스라엘 역사는
이러한 신의 섭리(자연법칙)가 가장 잘 반영되어 있다.
우주생성이 수리적 단계를 완성하며 전개되었듯이,
이스라엘 역사는 이러한 과정을 그대로 답습하며 이뤄졌던 것이다.
이스라엘 역사는 3, 4, 12수(數) 등의 수리적 단계를 이루는 것으로
신의 섭리에 응한 역사였다.

여기서는 자세한 예는 피하고 대표적인 것 몇 가지만 대신하기로 한다.
노아홍수 40일, 비둘기 송출 3회, 야곱의 12자식, 아브라함의 3제물,
요셉의 40세 총리등극, 모세의 궁중생활 40일, 미디안 광야생활 40년
과 40일 금식, 가나안 정탐 40일, 이스라엘 민족의 애굽 고역 400년,
광야노정 40년, 지파 12지파, 예수의 금식 40일, 3대 시험, 12제자, 3
일만의 부활, 영적노정 40일 등등….

이와 같은 인간의 역사는 하늘 섭리에 의해서 이루어지는 것으로
한국의 일제치하 40년도 숨어진 신의 뜻 전개에 의해 나온 것이다.

2

하루의 봄(사계)이(가) 있고,

일 년의 봄(사계)이(가) 있고,

일생의 봄(사계)이(가) 있고,

세대의 봄(사계)이(가) 있고,

시대의 봄(사계)이(가) 있다.

그리고 더 큰 궤도의 봄(사계)이(가) 끝없이 이어져 있다.

이것은, 지구가 태양을 공전하고,

태양(계)은 은하를 공전하며,

은하는 그 권속들을 데리고

더 큰 궤도 속에서 우주를 공전함과 그 궤적을 같이한다.

다시 안으로 우주의 시간이 함축되어 있는 하루 안에

봄(아침), 여름(낮), 가을(저녁), 겨울(밤)의 사계가 있고,

다시 그 봄(아침) 안에 봄, 여름, 가을, 겨울이 들어있다.

이렇게 각 계절 안에 다시 사계가 끝없이 이어져 있다.

이러한 시간은 공간(물리)의 흐름과 맥을 같이하고,

인간지사(人間之事)는 시간과 공간의 우주흐름과 조율되어

길흉화복과 기승전결의 형태로 전개되어 나타나는 것이다.

지금 우주 절기는 외적으로는 싹트는 봄을,
내적으로는 결실의 가을을 나타내고 있다. ●

존재의 목적

1

존재의 목적은 진화하는 것, 한 걸음 나아가는 것이다.

하지만 이것은 전체를 통해서 보는 객관적 관점이고,

개체에 있어서는 진화니 나아감이니 하는 것은 무의미한 것이다.

그저 자신의 행복을 위해서 고군분투하며 가는 발걸음일 뿐인 것이다.

하지만 개체가 행복해지는 순간은 결국 진보하는 순간(뿐)이다.

퇴보의 발걸음에서는 불안과 두려움으로 인해 불행을 느끼게 되는 것이다.

그래서 모든 존재는 무의식(무지) 중에서도 앞을 향하여 나아간다.

이처럼 앞을 향하여만 가는 존재의 본질은 태초에서부터 비롯됐다.

태초 캄캄한 어둠 속에 하나의 의지가 있었고,

그 의지는 "자신을 나타내고 싶다"는 것이었다.

이 '태초의 의지'에 의해 우주가 창조되었고,

그 의지에 의해 삼라만상이 조화로 나타났으며

그 정점에서, 감성의 반응체로 인간이 나온 것이다.

이와 같은 창조의 본질에 존재의 목적이 드러난다.

자신을 아름답게(조화롭게) 실현시키는 것
그것을 함께 할(느낄) 상대를 만나는 것

'자기실현'과 '사랑', 이것이 존재의 목적이다.

2

창조는 어둠의 보이지 않는 먼지(無)에서
빛을 발하는, 보이는 항성(有)으로 나온 것이다.

나타난 존재는 '빛'과 '온기'를 향하여 움직인다.
중력을 따라 창공을 배열하고, 질서를 이루는 모든 행성들은
모두 그들 안의 빛과 온기를 따라 항성 가까이 이동한 것이다.

인간이 기쁨과 행복을 추구하는 것도 이와 마찬가지이다.
저마다의 코드를 따라서 그룹을 이루고 삶을 이어가고 있는 것이다.
그중에서도 철저한 내적동기(신앙)에 의해 '젖'과 '꿀'의 땅을 향했던
히브리 노예들의 발걸음은 인간 행로의 본 모델로 있다.
그들의 역사(성서)에 존재의 목적이 나타나 있는 것이다.

존재는 '행복'과 함께 '영원'을 추구한다.

빛을 따르지만 결국 자신 안의 빛을 이루려는 것이다.

존재의 행복은 궁극으로 영원(성)을 이룰 때에야 만족되는 것이다.

존재가, 그와 같은 영원성을 향하는 것은 신의 영원성을 따른 것이다.

그 영원(성)을 이루기 위해, 존재는 원형(원형운동)을 이룬다.

시간이 원형을 이뤄 구형운동(球形運動)을 하고,

공간(우주)이 원형을 이루고 구형운동을 하는 것은

원형(만)이 끝없는 영원(성)을 이루기 때문이다.

생명(인간)도 영원성을 띠기 위해서는 구형운동을 해야 하는데,

생명의 구형운동은 자체 내의 사방팔방의 면모를 이뤄야 한다.

인간(생명)의 구형운동은 전체(全我)를 향할 때 이루어진다.

개인이 부분(小我. 利己)에 머물지 않고, 전체(大我, 신)를 향해 움직이면

전체는 다시 그 부분을 향해 움직이어, 구형운동이 시작되는 것이다.

이러한 구형운동(공전)은 그 자체 내의 구형운동(자전)도 이루게 되어,

비로소 영원성을 띤 활동을 하게 된다.

우주의 어느 존재(행성)도 그 생명이 끝없이 영원하진 않다.

그러므로 인간의 생물적 일생에 끝없는 영원을 구할 순 없다.

단지 존재의 목적인 영원성의 실현을 알아보는 것이다.

우주의 물질이 원형(구형운동)을 이루지 못하면 빨리 깨져 파편으로 돌아가

고(短命), 그 죽은 존재(먼지)는 수억의 오랜 시간을 거슬러야 다시 행성으로 돌아오는 것이다. ●

창조의 목적

창조의 목적은 곧 존재의 목적이기도 하다.

신이 우주를 창조했다는 말은

어떤 의지가 자신의 존재 이유를 우주에 나타냈다는 말인 것이다.

존재는, 자신이 아무리 위대한 존재라 할지라도 혼자서는 의미를 가지지

못한다. 존재의 의미는 자신이 어떤 존재에게 필요한 존재가 됨으로써

갖게 되는 것이다.

신이 우주를 창조한 것은 혼자로서는 아무 의미가 없기 때문이고,

창조의 맨 끝에 인격의 감응체인 인간을 두게 된 것은

그에 대해 깊이 알아주고 느껴줄 존재가 필요했기 때문이다.

자신을 아름답게 나타내는 것(우주 창조),

그리고 나타낸 것을 상대와 같이 느끼는 것(인간 창조),

이것이 창조의 목적이고, 또 존재의 이유이다.

존재에게 사랑이 가장 중요한 이유는

사랑이 같이 느끼는 것이기 때문이다.

사랑은 홀로 할 수 있는 것이 아니고 상대를 통해 이루는 것인데,

그 사랑을 위해서는 먼저 자신이, 자신에 대한 실현을 해야 한다.

자신을 아름답고 영원한 것으로 실현시키고(자아실현),

그 아름답고 영원한 것을 상대와 같이하려는 것(사랑),

이것이 사랑과 인생이 시작되는 자리인 것이다.

자신을 실현하지 못한 존재는 진정한 사랑의 주체자가 될 수 없고,

자신을 실현하지 못한 개체는 진정한 사랑의 대상자가 될 수 없다.

그래서 신은 자신을 아름답고 영원한 것으로 실현(창조)하시고,

인간에게 과제를 주어,

인간이 그 과제를 극복하고 연금(자아완성)을 이루는 것으로,

자신의 아름답고 영원한 사랑의 대상이 되기를 소망하셨던 것이다.

신의 사랑, 이것이 창조의 목적이고, 존재의 이유이다.

인간이 그의 사랑의 대상이 되는 길은 인류의 모든 경전이 설명하고 있다. ●

물리이론

1

중력이 시공간을 지배하는가? 시공간이 중력을 지배하는가?

중력이 시간과 공간을 지배한다는 것이 현대 물리이론이다.
중력에 의해 은하도 우주의 한 부분에 자리한 것이고,
태양도 그 은하의 한 부분에 자리하게 된 것이다.
지구는 태양이란 중력에 의해 현재의 위치에 자리하게 됐다.
이것이 현상 세계의 사실이론이다.

하지만 의미 세계의 진실이론이 있다.

지구가 태양의 중력에 의해서만 그 실체를 나타낼 수 있었을까?
태양만이 과연 지구의 존속 여부에 절대 불가결한 요소였을까?
태양이 아니면 지구는 자신을 현재와 같은 모습으로 실체화하지 못했으
며, 따라서 자신의 열매인 생명의 인격적 탄생 또한 이루지 못하게 되었
을까?

진실이론은 나를 주체로 생각하는 이론이다.
하나의 인격적 생명을 위하여 지구가 필요했고,
그 지구를 위하여 태양이란 중력의 별이 필요했고,
그 태양이란 중력의 별을 위하여 은하가 필요했다.

정말로 태양 때문에 지구가 그 실체를 나타낼 수 있게 된 것인지,
지구 때문에(지구를 위해서) 태양이란 존재가 필요하게 된 것인지,
감춰져있는 우주의 뜻은 그 무엇으로도 결론하여 말할 수 없다.
중력으로부터 시공간이 나왔다는 사실이론과
우주 의식(신의 뜻)에 의해 중력이 나왔다는 의미이론은 서로 엇갈리는 듯
하지만, 우주와 인생은 모두 이처럼 주관과 객관, 진실과 사실의
두 관점에서 주어지는 동시적 의미를 지니고 있는 것이다.

그럼으로 인간은 한편으로는 우주에서 가장 귀중한(특별한) 존재라는 진
실과 또 한편, 우주에서 결코 특별하지 않은, 보잘 것 없는 미미한 존재
라는 사실을 동시에 인지하여야 하는 것이다.
그래서 거만하지 않고, 비관하지도 않는 자연의 존재가 되어야 하는
것이다.

2

현대 물리학은 한 물체가 가진 정보가 절대 사라지지 않으며,
과거의 원인으로 미래의 결과를 예측할 수 있다고 한다.
한 물체가 가진 정보가 절대 사라지지 않는다는 것은
그 물체가 가진 고유의 물리량이 절대 줄어들지 않는다는 것이며,
그 물체가 가진 내면의 정보 또한 절대 사라지지 않는다는 것이다.

이것은 종교가 말하고 있는 부활 (환생)이론과 다르지 않은 것이다.
현재의 나는 과거(과거시대)에 이미 있었던 정보(영혼)이고,
또한 미래(다음시대)에도 다시 생겨날 정보(영혼)이다.

질량불변의 이론은 정신세계의 인과응보(因果應報) 사필규정(事必歸正)이론
인 것이다.

현재 자신이 행하는 일들은 물론 마음속에 품고 진행되는 마음도
결코 무위로 끝나지 않으며, 그것이 원인(因)이 되어 과(果)로 나타난다.
물리세계가 빈틈없는 질량의 법칙에 의해 지배되듯이
내면세계 또한 빈틈없는 인과의 법칙에 의해 지배되는 것이다.
품고 있는 마음이 일시적인 것이면 일시적인 표출로 끝나지만
장기적인 것이 되면 그 사람의 성격과 외형을 형성하게 되고,
형성된 성격과 틀은 생활에 적용되어 삶을 이끌어가게 된다.
그러므로 인간은, 악행은 물론이거니와 마음(속)의 잠시라도
사욕(私慾)의 검은 구름이 머물게 해서는 아니되는 것이다.

우주의 물리세계가 빛의 중력을 따라 향하고 움직이듯이
인간의 정신세계는 진리의 중력을 따라 향하고 움직인다.
우주 공간이 그 중력에 따라 창공의 배열을 이루고 있듯이
인간 사회는 진리의 중력을 따라 사회를 구성하고 있는 것이다.

또 물리세계가 빛의 중력을 따른 끝에서 빛을 이루는 항성이 되듯이
인간은 진리를 따르는 길에서 스스로 진리의 화신이 되어야 하는 것이다.

사랑, 이타, 선, 순수 이러한 가치들이 자신 안의 빛을 이루는 재료들이다.

3

물리(존재)세계에서의 연금(황금)은 특별한 의미를 지닌다.
생진멸사(生進滅死)의 물리(존재)법칙에서 벗어나
영원불사(永遠不死)의 자유에 이르게 된 것이다.
신이 스스로 영존(永存)하는 자이듯,
그를 닮아 나 영원성을 띠게 된 것이다.
물리세계의 법칙을 벗어나 자유자재의 성향을 갖게 된다.

황금은 신의 영원성이 결정(結晶)된 물질로,
신(신의 속성)의 물리세계 현현이라는 특별한 의미를 담은 것이다. ●

역사 歷史

1

"도전과 응전의 역사."
아놀드 토인비가 본 이 역사적 관점은 아주 타당한 것이다.
그의 말처럼 인간의 역사는 도전에 대해 응전하는 역사였다.
하지만 기실, 우주의 모든 역사(宇宙史) 또한 도전에 대한 응전의 역사이다.

모든 존재는 자신의 소망을 따라 움직이고 있는데,
그 소망은 바로 자신의 단점극복 염원이 발로가 된 것이다.

더 나아지고자 하는 것
자신을 더 완전한 존재로 만들고자 하는 것
그것이 모든 존재가 향하는 발걸음이며,
진화를 낳는 발걸음이며,
곧 도전과 응전의 발걸음이다.

그렇게 자신을 더 완전한 존재로 하려는 발걸음의 끝
즉, 진화로 향하는 발걸음의 맨끝에 지금의 인류가 서 있다.
인류는 평화와 행복의 세계(유토피아)를 소망하여 왔고,
이제 그 세계(젖과 꿀의 가나안)를 앞두고 있는 것이다.

2

역사는 되풀이(반복)되는 것이다.
인생도 되풀이(반복)되는 것이다.

인생과 역사가 자꾸 되풀이되는 것은
도전에 대한 응전을 다 못하기 때문이다.
즉, 도전은 있으되 응전이 없기 때문이다.
그 응전이 성사될 때까지 도전은 계속된다.

이천년전의 예수가 다시 온다는 것(再臨)도 이와 마찬가지다.
그가 이루려던 하늘 뜻(이상세계)이 성사되지 않았기 때문에
똑같은 역사적 상황을 거쳐, 응전을 위해 다시 오는 것이다.

존재는 자신의 생에서 자신에게 존재하는 단점을 도전으로 인지하고
그 도전을 극복하기 위한 응전을 생을 통해서 경주하게 되는데,
도전(단점)에 대한 응전(극복)은 너무나도 힘든 과제의 것이어서
수많은 실수와 실패를 반복하면서 경주하게 되는 것이다.
또한 개체가 수많은 실수를 거듭하여 도전을 경주한다 하더라도
그 응전은 대체적으로 일생을 다하도록 이루지 못하는 것이 된다.
그래서 개체가 전체로, 다시 다음 세대의 전체로 응전을 이어가는 것이다.
이렇게 단점을 극복하고 하나의 진화를 이루어가는 생명의 역사는

'전우의 노래' 와 같다.

전우의 시체를 넘고 넘어 앞으로 앞으로
낙동강아 잘 있거라. 우리는 전진한다.
원한이야 피에 맺힌 적군을 무찌르고서
꽃잎처럼 사라져간 전우여, 잘 자라.
우거진 수풀을 헤치면서 앞으로 앞으로
추풍령아, 잘 있거라. 우리는 돌진한다.
달빛어린 고개에서 마지막 나누어먹던
화랑담배 연기 속에 사라진 전우야.

진화의 역사는 이와 같은 것이다.
할딱이는 수억의 생명을 넘고 넘어
오늘 생명의 창조를 이어온 것이다.

인류의 연금(구원)을 이룰 현자의 돌 메시아는 이렇게 해서 오는 것이다.
선을 위해 살다간 수많은 의인들의 수고와 기대(基臺) 위에 오는 것이다.
그 혼자 잘나고, 그 혼자 특별하고, 그 혼자 위대한 존재가 아니다.
그는 惡으로 버림받고 몰리어 죽어간 수많은 생명의 터 위에 오는 것이다.

3

개체가 자신의 단점을 극복하는 일은 수억의 생명을 걸고도

그 성사 여부를 결코 장담할 수 없는 과제로서의 일이다.

그래서 존재는 수많은 세월을 거쳐 진화를 이어온 것이다.

하나의 개체는 자신에게 있는 문제해결을 위해 일생 경주하고

그에 속한 무리들 역시 모두 그와 같은 노력을 경주하게 되며,

그것이 다음 세대와 그 다음 세대의 생으로 연이어져

인생과 역사는 되풀이하는 과정을 보이게 되는 것이다.

이와 같은 과정은 흡사 옛 히브리 노예들의 광야 노정(路程)과 같다.

그 노정은, 모든 생명이 가는 행로(行路)의 모델이 되는 것이다.

BC 2000년경, 이스라엘의 선조 히브리 노예들은 400년간이나 계속되던

애굽생활(종살이)을 청산하고 마침내 약속의 땅 가나안을 향하여 출발하

게 된다.

그 출발은 분명 당당하고 희망 벅찬 것이었다.

하지만 그 출발이 아무리 당당하고 희망 벅찬 것일지라도,

그 땅에 닿기까지 힘든 과제와 시험이 있게 마련인 것이다.

약속된 신의 선물을 전유하기까지,

현실에서의 자신을 극복하는 과정을 거쳐야 하는 것이다.

하지만 히브리 노예들은 현실(고통)에 대한 불만과 불평으로
그 땅을 직통(直通)하지 못하고 광야를 빙빙 맴돌게(헤매게) 된다.
그리고 결국에는 가나안에 이르지 못하고 광야에서 죽게 된다.
그것은 흡사 우리의 '단군신화'에 있었던 호랑이의 경우와 같다.
주어진 현실을 감내하지 못함으로 인간됨으로 나아가지 못한 것이다.

이스라엘 역사는 이처럼 '응전'을 다하지 못한 채
광야를 빙빙 맴돌기만 한 미완성의 역사이고,
그들의 마지막 지도자 예수마저 저버림으로,
신의 이상을 못 이루게 된 실패의 역사이다.

이와 같은 역사는 이스라엘만이 아니고
전 인류가 똑 같이 직면하고 있는 노정이다.
이스라엘 역사는 하나의 모델로서 선 것뿐이다.

역사에 있어서 도전에 대한 응전은 극한 상황을 통과하며 이루어진다.
'죽고자 하면 살고, 살고자 하면 죽는' 이러한 과정을 거치는 것이다.
현실(이기)을 넘어서는 길이 죽음을 넘어 새 생명에로 나아가는 길이다.

새로운 창조로 진화의 언덕을 넘어가는 길이다. ●

2부

연금술

1

모든 존재가 의미를 지니고 우주 안에 존속하는 것처럼,
모든 언어 또한 의미가 있어 세상 안에 존속하고 유통된다.

그중에서도 '연금' 이 지닌 언어적 의미는
우주(신)의 뜻이 함축된, 특별한 의미의 것이다.

하나의 광물이 영원히 변치 않는 물질이 되는 것은
신의 속성(영원성) 현현의, 함축된 신(神)의 뜻 실현인 것이다.
그것은 또 나아가, 생명체로서 영원성을 나타낼
인간의 길을 예시하는 것이기도 하다.

연금은 물질(물질의 개념)이면서 정신(정신의 개념)이다.
그래서 연금(술)은 과학이면서도 종교적 색채를 띠는 것이다.

연금은 수(數)를 이루는 과정의, 수학의 개념이기도 하고,
순수를 이루는 과정의, 도덕과 철학의 개념이기도 하다.

생명을 빚는 과정의, 의학(건강)의 개념이기도 하고,
아름다움을 빚는 과정의, 예술의 개념이기도 하다.

연금은 또 언어의 숨겨진 비밀을 푸는 것으로의,
마술의 개념이기도 하다.
현자의 돌 메시아는 마법(말)의 주체자로서,
암호처럼 묶여있는 우주근본문제들을 풀어 보이는 것이다.

2

연금술은 금속을 연단하여 금을 만드는 기술이다.

오랜 자연적 연단에 의해 금속이 금이 되듯이,
연금술사들은 인위적 연단에 의해 황금에 이르는 방법을 연구했다.
거듭되는 연단과정에서, 그들은 광물에도 어떠한 성질이 있다는 것을 알
게 되었고, 그 성질이 인간(생명)의 본질과도 똑같이 연결되어 있다는 사
실을 알게 되었다.

그래서 그들은 다시 인간의 본질에 대해 골몰하기 시작했다.
변하는 금속이 연단을 통하여 변하지 않는 빛깔의 금이 되듯이,
생(生)도 변하지 않는 생(不老長生)에 이를 수 있음을 알게 된 것이다.

그런데 근세까지 이어온 연금술이 궁극적으로 필요로 했던 것은 현자의
돌이다. 마지막 연단과정에서 중간의 매개체로, 현자의 돌이 필요했던

것이다.

금을 빚기 위해서는 불순물이 들어있는 금속물질을 완전한 순수한 물질로 이뤄내야 하는데, 그 변화를 이뤄내는 매개체가 바로 '어두운 흙덩이', 현자의 돌인 것이다.

현자의 돌은 변하는 물질을 변치 않는 영원한 빛의 황금으로 인도할 매개체로, 곧 변하는 인간을 변치 않는 영원한 생명과 진리의 인간으로 인도할 중보자이다. 그는 생명나무로 와서, 접붙이어 인류를 생명나무로 인도할 메시아인 것이다.

그러나 연금술사들은 현자의 돌이 어디에 있는지,
어디서 탄생하는지, 어떻게 구할 수 있는지 밝혀내지 못하였다.
연금이 수많은 달굼을 통해서 이루어지듯,
현자의 돌이 '수많은 고통의 달굼'에서 나온다는 사실을
알지 못한 것이다.

현자의 돌은 하나의 개체가 '어두운 흙덩이'인 자신의 몸을 화로삼아
끝없는 고통의 풀무(질)로, 영혼의 순수를 빚음으로 탄생되는 것이다.
현자의 돌 메시아가 영혼의 순수를 위해 자신의 몸을 화로로 삼는다는 것
은 그가 현실(육체)적 충족에 만족하지 못하고 이상(정신)을 추구한다는 뜻

이고, 또 색(色)을 즐기지 못하고 고통으로 여기는 과정을 걷는다는 뜻이다.

그는 그 과정에서 단색(斷色)과 공색(空色)을 이뤄 순수한 영혼의 연금에 이르게 되는 것이다.

현자의 돌 메시아는 '건축자의 버려진 돌'로,
수많은 고통의 과정으로 빚어지는 하나의 처음 인간이다.
'세상에 버림받은바 되어야 할지니라'의 고통을 몸소 이루는 자인 것이다.

3

철이 연금되는 과정은 철인(메시아)이 나오는 과정과 같다.

황금은 자신 안에 단 하나의 이물질도 남기지 않음으로 이루어지는데,
철인은 사(이기)가 전무한 것으로의 절대 순도를 이룸으로써 나오는 것이다.

철인은 자신의 私를 버리는 마지막 과정에서
세상으로부터 완전히 버림받는 과정을 거치는데,
그것은 철인이 이룬 순도에 완성을 이루려는 신의 뜻 때문이다.
그렇게 이루어진 철인의 순도는 절대 순도(絕代純度)가 되어

외부로부터 오는 이물질이나 불순물에 의해 속화되지 않는,
영원(永遠)한 색채를 이루는 황금으로서의 영혼이 되는 것이다.

현자의 돌에 의해 금속(인류)이 황금으로 빚어지는 과정은
메시아에 의해 인류가 구원에 이르는 과정과 같다.
돌 감람나무가 참 감람나무로 접붙여지는 것이다.
메시아의 고통으로 빚어진 생명나무의 열매(영생)가
정신(순수)의 불을 켠 사람들에게 전해지는 것이다.

현자의 돌 메시아는 사랑과 생명과 진리의 매개자이다.
이루어진 그의 절대 순도는 높은 열전도를 가지게 되어
하늘의 에너지(사랑)를 그대로 감응하여 전하게 된다.

4

금속 물질이 현자의 돌에 의해 황금에 이르는 과정은
타락 인간이 메시아에 의해 구원에 이르는 과정과 같고,
히브리 노예들이 모세에 의해 가나안에 이르는 과정과 같다.
구원은 광야(순수한 정신의 길)를 거치고, 요단강(이기의 강)을 건너야 성사된다.

현자의 돌, 메시아는 스스로 정신의 길을 따르는 비물질(貧者)의 길을 감

으로, 마지막엔 '건축자의 버려진 돌'이 되어 세상에 버림받은 입장에 서
게 된다. 그러므로 현실인으로서 그에게 다가가는 일은, 불가능한 것처
럼 어려운 일이 되는 것이다.

그것은 현실 타산에 밝은 히브리 노예들이 요단강 앞에 서 있는 것과
같고,
거대한 기름덩어리(현실) 혹을 가진 낙타가 바늘귀 앞에 서 있는 것과 같다.
현실의 눈을 감고, '죽고자' 하지 않으면 그 앞을 통과할 수 없는 것이다.

인간이 연금(鍊金)에 이르는 방법은 연금(국민연금)과 같다.
자신의 삶 속에서 꾸준히 선과 양심적인 생활을 하늘에 불입해야 하는 것
이다.
선과 양심의 길은 고통의 길이고,
그 끝에 '죽음의 요단강'이 있다.
그 강은 자신의 힘으로 건널 수 있지 않다.
하늘의 지원이 있어야만 하는 것이다.
연금을 열심히 불입한 자만이 그 앞에서 하늘의 지원(응원)을 받는 것이다.

"두려워 하지마라. 내가 너와 함께 한다."

그 지원에 따라 하늘 연금 가입자는 '죽음의 경계'를 넘어

그 나라에 안착하게 되는 것이다.

자기의 경계를 넘어야 한다.
현실의 경계를 넘어야 한다.
선행과 양심, 곧 이타가 그 나라의 보험과 연금이다.
연금술(구원)은 이기(현실)의 경계를 넘음으로써 이루어지는 것이다.

인간의 영혼을 채울 황금은 땅에 묻힌 황금이 아니라,
자신 속에 묻힌 영원히 변치 않는 진리의 황금이다.
자신 안에서 살아 숨 쉬는 생명의 황금이다. ●

현자의 돌

1

현자의 돌은 연금의 목적을 이룰 최종 매개물로,
불순물이 남아있는 금속물질을 완전한 순수물질로 변화시킬 매개물이다.

그런데 근세까지 이어온 연금술은 '현자의 돌'을 찾을 수 없음으로,
그 완성을 이루지 못한 채 숙제로 남아져 오늘에 이르게 되었다.

그럼, '어두운 흙덩이' 현자의 돌은 무엇이며, 어떻게 탄생되는 것인가.

'어두운 흙덩이' 현자의 돌은 건축자들의 버림받은 돌로,
물질(육체적 존재)이면서 영(정신)이 된 자이다.
즉, 육을 쓴 몸으로 태어나 정신의 길을 걸어,
정신(순수)의 뜻을 완전히 이루게 된 자이다.

그는 정신의 길을 곧이(貞) 걸으므로, 필연적으로 부자 아닌 서민의 모습
이 되고, 전문사회(면허증 사회, 조건으로 평가하는 사회)에서 인정받지 못하고
외면 받는 '건축자의 버림받은 돌'이 되고, 그 세대에 버림받는 모습이
되는 것이다. (누가 17:25)

2

우주의 자연원리는 인간의 삶의 원리와 연결되어 있어,
모든 존재는 순간에서 영원으로, 다시 더 먼 영원으로 향한다.
그리하여 인간은 변질되는 유한한 빛깔의 금속을 넘어,
영원히 변치 않는, 빛으로의 황금(보석)을 추구하는 것이다.

연금은 영원한 생(불로장생)에 관한 것이다.
그것이 모든 연금술사들이 찾은 궁극의 목적이다.

연금술사들이 마지막 단계에서 찾았던 현자의 돌은
단순히 물질을 의미하는 광물로서의 돌이 아니라
인간을 영원으로 인도할 중보자에 대한 의미이고,
반석으로 왔다가 건축자의 버림받은 돌이 되어 죽었던
과거 그 영혼에 대한 의미이다.
다시 새 시대에 돌아와(재림하여) 모퉁이(서민)의 머릿돌이 될
그 영혼에 대한 의미인 것이다.

현자의 돌은 태초 원죄로 인해 생명나무에 이르지 못하게 된 인간을
다시 생명나무로 접붙이어, 영생으로 인도할 후아담이다.
현자의 돌 메시아는 인류에게 영원(영생)을 전하는 자이다. ●

철인 哲人

철학은 '지혜를 사랑하는 것' 이고,
다시, '정신을 사랑하는 것' 이다.

철학의 궁극은 철인을 탄생시키는 것이고,
또 철인이 다스리는 세계를 만드는 것이다.

그럼 철인은 어떤 사람인가?

철인은 '철학을 이룬 자' 이다.

그는 정신을 철저히 사랑한 사람이고,
그래서 그 정신을 사랑한 것에 대한 열매를 얻은 자이다.

그럼 정신을 사랑한 것에 대한 열매란 무엇일까?

(아이러니하게도) 그것은 '몸' 이다.

몸을 사랑하는(다스리는) 법을 얻게 된 것이다.

그로써 그는 몸 마음이 하나 되는 자리,
심신일체(心身一體)의 자리에 간 것이다.

자신을 다스릴 수 있는 자만이
세상을 다스릴 수 있는 것이다.

철인은 정신으로 몸을 다스릴 수 있게 된 자이다. ●

순수

1

순수는 금속의 연금을 이루게 하는 가장 중요한 조건이다.
연금의 전 과정이 바로 물질의 순수를 이루는 과정인 것이다.
그것은 생명의 연금에 있어서도 마찬가지이다.

인류가 순수의 가치를 고귀한 것으로 여겨온 이유는
생명 스스로가 자신의 연금(영생)을 이루는 길에
그 가치가 중요한 요소가 된다는 것을 감지했기 때문이다.

금속 물질에 아직 불순물이 남아있을 때,
그 금속은 아직 자기(磁氣)의 영향 아래 있고,
그 금속 물질이 순수를 이뤄 황금이 된 뒤에야
비로소 자기(磁氣) 에너지 영향(권)을 벗어나게 된다.

인생 또한 이기의 불순물을 버리고 '완전한 순수'를 이룰 때에야
죄(罪)와 생로병사(生老病死)의 물리적 지배(권)를 넘어 자유의 나라에 이르
게 되는 것이다.

2

'한' 이라는 말은 '하나' 라는 뜻과 '끝이 없이 많다' 라는 뜻의

두 가지의 의미를 가지고 있다.

이처럼 극(極)은 통하는 일면을 가지고 있는 것이다.

'순수'와 색(色, 淫亂)도 마찬가지이다.

'순수'가 이기가 전무(全無)한 자리의 것이라면

'색'은 이기의 극(極)을 이루는 자리의 것이다.

그럼 진정한 순수란 무엇일까?

진정한 순수는 개체 내의 불순물(이기)이 전혀 없는 것이 아니라

있는 불순물(이기)이 에너지화(化)되어 공(公)의 단계로 나아간 것이다.

아무것도 없는(모르는) 것이 순수가 아니라

모든 것을 포함하여 이루는 것이 순수이다.

그것은 흡사 진흙에서 핀 연꽃과 같다.

더러움을 생명화해서 꽃피우는 것이다.

영혼의 연금을 이루는 현자의 돌 메시아는

불순물(어두운 흙덩이)의 몸 에너지(色)를 정신으로 승화시킨 사람이다.

그렇게 생명으로 승화된 순수는 더 이상 불순물에 속화되지 않은 절대 순수

가 되어, 세속적 굴레(관념과 규범)에 매이지 않고 성속(聖俗)을 초월하게 된다. ●

고통

1

고통 없는 인생은 없고, 고통 없는 존재도 없다.

고통은 동전의 양면과 같이 존재의 기쁨 뒤에 있는 생(生)의 필연적 양상

인 것이다.

고통(苦痛)은 고통(高通)으로, 생명이 더 높은 세계로 나아가는 통로이다.

즉, 모든 존재가 더 높은 생명에로 나아가는 '진화의 통로' 인 것이다.

마치 돛단배가 무거운 돛을 달고 험난한 바다를 항해하여 가듯이,

고통은 무거운 짐이지만, 존재의 방향이 되고 에너지가 되는 것이다.

인간은 우주의 축소체로 우주의 모든 것이 대비되어 나타났는데,

그 중 고통은 우주의 어둠과 추위가 대비되어 나타난 것이다.

우주 생명이 어둠과 빛, 추위와 풀림의 반복으로 진화했듯이

인간도 거듭되는 고통을 수반하며 진화한다.

고통은 존재의 발전에 필수불가결한 요소인 것이다.

고통이 깊으면 깊을수록 더 큰 기쁨이 기다리고 있고,

고통에서 허덕이는 인생일수록 더 나아간 생이 된다.

인간의 생이 다른 존재의 생보다 더 큰 행복지감(幸福之感)의 것이라면

그것은 그 고통에 대한 지감(知感)이 다른 존재보다 더 큰 만큼의 비례

이다.

현재의 고통이 깊다면 그의 말을 기억할 것이다.
"그 나라가 가까이 왔도다!"

고통이 클수록 그 나라는 더욱 선명하다.
추울수록(어두울수록) 별은 선명한 것이다.

이 세계가 어둡고 추운 고통의 터널(세계 1, 2차 대전)을 지나고,
그 추위의 상징이었던 소비에트 공화국(공산주의)이 무너질 때
인류 해빙의 봄이 21세기, 새천년 언덕 가까이에 바짝 다가와 있었던 것
이다.

2

고통에는 두 가지가 있다.

죽음으로 향하는 고통이 있고,
생명으로 향하는 고통이 있다.

애급 밑에서 있는 것(從살이)도 고통이지만,
가나안을 향하여 가는 것도 역시 고통이다.

죄의 법아래 사는 것도 지긋지긋한 고통이지만,
하늘 생명 길을 가는 것은 더 죽을듯한 고통이다.

현실에 만족할 것인가.
이상을 따를 것인가.

같은 고통일지라도
현실의 만족이 영원할 수 없는 것이라면
이상을 향한 고통의 선택은 자명한 것이다.

죽을듯한 고통이지만,
현실(이기) 너머에는 자유의 세계가 있다.

'진리로 자유케 되는' 무중력의 세계가 정말 있다.
중도(균형)로 실현되는 불로(不老)의 세계가 진실로 있다. ●

양심 良心

1

지금까지 인류는 양심을 통하여 善의 삶을 살도록 지침 받아왔다.
사랑(愛)과 자비(慈悲), 인자(仁慈)로 통하는 모든 종교의 가르침들은
다 이 善의 가치에 대한 다른 표현양식들이다.
善은 인간이 他를 자각함으로 필연적으로 갖게 된 양심의 발현물이다.

양심은 생명의 총체적 정보의 바탕 위에서 성립된 것으로,
진화의 결정체로서의 인간 양심은 동시에 생명활동에 있어
최고의 진보된 가치 게시판으로의 역할을 하고 있는 것이다.

그래서 양심에 의해 무엇에 대한 옳고 그름을 전해주는 것들은
그것이 단지 도덕적인 것이냐, 아니냐를 넘어,
그 생명의 장도(長途)에 해(害)가 되는 것이냐, 아니냐를 전하고 있는 것이다.
그러한 양심을 통해서 인간은 마치 천둥에 앞서 번개가 번쩍이듯이
자신의 행사에 대한 옳고 그름을 먼저 감지할 수 있게 되는 것이다.

지금까지 인류가 양심을 바탕으로 한 善의 가치를 최고의 덕목으로 여겨
온 이유는 그 추종 끝에 언젠가 열음하게 될 '善의 결실(結實)'을 마음의
세계에서 알았기 때문이다.
인간의 마음은 양심을 통하여 결코 맹목적이지 않은 선의 뜻을 실천하여
왔던 것이다.

하지만 그것은 모든 것이 그렇듯, 양심의 실천으로 얻어지는 선의 결실
또한 단번에 도달되어 얻어지는 결실의 것이 아니고, 수많은 축적에 의해
얻어지는 결실의 것이다.
마치 우주가 오랜 빛과 온기의 축적을 통하여서 자신의 꽃, 생명을 꽃피
웠듯이 마음의 빛과 온기를 따르는 양심의 열매 또한 오랜 축적을 통하여
얻어지는 것이다.
양심으로 이어지는 이타와 선, 사랑 등은 우주에 있어서 가장 중요한 가
치이므로 그 결실의 열매 또한 가장 마지막에 나타나게 되는 것이다.

마음의 세계에서 말세라 이야기하는 이때는 그의 값
즉, 양심에 의한 善의 값이 결실을 맞게 되는 때이다.

쭉정이는 불에 태워지고, 곡식은 창고에 채워지는 때이다.

2

정신의 밝음으로 통하는 양심을 버리고 인간이 행복해질 수 있는 길
은 없다.
양심이 바로 神(정신)의 기쁨과 행복, 빛과 온기가 임하는 자리이기 때
문이다.

타인에게 상처를 준 사람은 이미 자신의 영혼에 상처를 남기게 된 사람이고, 타인의 생명을 빼앗은 사람은 이미 자신의 영혼이 죽게 된 사람이다.

양심을 어겨 찾아든 비수는 그 영혼에 한 날, 한 날 자신의 자국을 남겨놓는다. 새겨진 그 한 날, 한 조각은 하나도 빠짐없이 축적되어 그 영혼에 남아지고 그의 꼴(몸)과 상(얼굴)을 이루게 되어, 그의 장도(生)를 이끌어가게 된다.

그러므로 자신의 영혼을 아름답게 지키는 일은 이 세상의 무엇보다 우선할 일이다.
자신의 영혼을 아름답게 지키는 일은 온 우주를 지키는 일보다 우선된 일이고, 자신의 영혼을 사랑하는 일은 온 우주를 사랑하는 일보다 값진 일이다.

양심의 명(命)을 어기고 악을 행해 온갖 것을 얻은들 무슨 소용이 있겠는가! 온 천하를 얻더라도 자신의 영혼을 잃으면 아무 소용 없는 일이다.

이타적 가치(善)로 자신의 영혼을 반짝이게 하라.

인간이 자신의 영혼을 빛내는 일은
신이 우주의 별을 반짝이는 일보다 거룩한 일이다. ●

선진미 善眞美

1

인간은 마음속의 정지의(情知意)의 기능(정서)에 의하여
선진미(善眞美)의 가치를 생활 속에서 이루게 된다.

마음속에 정(情)적인 정서는 선(善)을 향하고,
마음속에 지(知)적인 정서는 진(眞)을 향하며,
마음속에 의(意)적인 정서는 미(美)를 향한다.

존재의 목적(뜻)은 美를 나타내자는 것이다.

아름다움은 인간이 추구하는 가치일 뿐만 아니라
신이 인간에게 바라는 가장 큰 조건(가치)이며,
모든 존재가 갖춰야 할 가장 큰 조건(가치)이다.

그런데 美는 어디서 오는가?
美는 조화와 균형에서 온다.

조화로운 소리는 아름다운 음악을 만들고,
조화로운 색채는 아름다운 그림을 만들고,
조화로운 자연은 아름다운 경관을 만든다.

선진미 善眞美

연극이나 영화, 음식 등 생활 속의 모든 美는 조화를 통해 나온 것이다.
이와 같은 인간의 미적추구욕은 바로 창조자를 통해서(닮아서) 온 것이다.

인간은 그 美를 쫓는 궁극에서 자신의 美를 창조자 앞에 나타내야 한다.

2

美를 이루려면 먼저 知와 善을 이뤄야 한다.

知를 이뤄야 美를 나타낼 수 있고,
善을 이뤄야 知에 도달할 수 있다.

美를 이루려면 조화와 균형을 이루어야 하는데,
조화와 균형을 이루려면 그 이루는 방법을 알아야 하고(知),
그 이루는 방법을 알기 위해서는 먼저 善을 이루어야 한다.
욕심(이기)으로 마음의 눈이 흐려지지 않아야 한다.
善으로 마음을 밝혀야 혜안을 갖게 되고,
조화(균형)로 가는 길을 보게 되는 것이다.

피조 세계에 있어 아름다움을 나타내는 것들은 모두 善을 이룬 것들이다.
善을 이룬 존재만이 眞을 이루고 美를 이루는 존재로 설 수 있는 것이다.

善이 眞을 이루고, 眞이 美를 이루는 과정은 진화의 과정과 같다.
그러므로 당장(현재)의 善이 당장의 美로 나타나지는 않는다.
마찬가지로 당장의 악(惡) 또한 당장의 추(醜)로 나타나지 않는다.
"도둑같이 임하리라"(계 3:3)와 같이 언제 현현될지 모른다.
그러므로 언제나 깨어있어, 善의 노정(路程)을 걸어야 한다.

현대인들이 가진 美는 대체로 善이 아닌 意에 의한 것이다.
그러므로 美가 깊지 아니하고, 그(아름다움)의 향기가 없다.
진정한 美는 善에서 나와야 한다.

인간 사회에 있어 善의 가치는 최고의 가치가 돼야 한다.
최고의 善을 이룬 사람이 최고로 아름다운 사람이 되고,
최고의 사랑스런 사람이 된다. ●

선善

인류 역사상 가장 큰 이름의 사람 예수,
그는 자신을 가리켜 '선한 목자' 라 했고
사람들에게 "선을 행하라"는 주문을 남겼다.

그럼, 善(착함)이란 무엇일까?

사람들은 누군가에 대해 착하다고 하며 또 악하다고도 하지만,
자신에 대해서 악하다는 사람은 거의 없다.
선, 악의 기준을 전혀 모르기 때문이다.
톨스토이는 이 세상에서 가장 중요한 일이
"지금 곁의 사람에게 善을 행하는 것"이라 했다.
하지만 그 선이란 것이 대체 무엇이란 말인가?

善이란 타(타인)를 생각하는 모든 것이다.
타(타인)에 해가 되지 않나 돌아보는 것,
이것이 (최상의) 善이다.

인생에서의 善은 도로 위에서의 운행(운전)과 같다.
남에게 해가 되지 않는 것이 최상의 운행이 되는 것이다.

"우리를 반대하지 않는 자는 우리를 돕는 자이다."(막 9:40)

자신의 길을 가라.

대신 타인의 방해가 되지 마라.

그것이 곧 善이다. ●

선과 악

1

선이란 타(大我)를 먼저 생각하는 것이고,
악은 자기(小我)를 먼저 생각하는 것이다.

이타의 궁극에 하늘(우주)이 있고,
이기의 궁극에 자기(만)가 있다.

2

자신 또는 상대에게 이(利)가 되면 선이고,
자신 또는 상대에게 해(害)가 되면 악이다.

하지만 어떠한 것에 대한 이로움(利)과 해로움(害)은
정해져있는 것이 아니고 시간과 상황에 따라 변한다.
어떠한 음식이 건강에 도움이 될 때도 있고 해가 될 때도 있으며,
어떤 운동 또한 건강에 도움이 될 때도 있고 해가 될 때도 있다.

여기서 문제가 생긴다. 그것이 교차되는 순간이 오는 것이다.

어떠한 음식이 건강에 좋게 작용하다가 (습관적으로 하게 된 바, 적체되어)
어느 순간에 유해한 것이 되어 병으로 작용되는 것이다.

행위와 관습, 시대 사회적인 일도 이와 마찬가지다.

자신의 행위가 어느 순간에서는 선이 되지만 어느 순간 다시 악이 될 수 있으며, 자신의 선 자리가 어느 순간에는 선이 되지만 어느 순간 다시 악이 될 수 있다.

그러므로 이기(욕심)로 눈을 흐리지 말고, '깨어 있어야' 하는 것이다.

새 시대는 모든 가치와 기준이 뒤바뀌는 시대이다.

악(이기)이 임금 된 현금의 질서와 법은

새 시대의 질서와 법 아래에서 결코 선이 될 수 없다.

새 시대의 목자는 새 질서를 명할 것이다. ●

진리

1

진리는 곧 이것이다.
"너희는 먼저 그 나라와 그 의(義)를 구하라."

진리는 무었을 우선할 것인가이다.

정신을 우선할 것인가, 물질을 우선할 것인가.
이기를 우선할 것인가, 이타를 우선할 것인가.

우선해야 할 것을 뒤로하는 것이 거짓이며,
뒤로 해야 할 것을 우선하는 것이 악이다.
그 뒤에 이어지는 것은 다 더럽고 추한 것이다.
우선해야 할 것을 우선하는 것이 선이고 질서이며,
그 뒤에 이어지는 것은 다 조화이고 아름다움이다.

인생에 있어 가장 중요한 것이 사랑이라 했다.
사랑은 주고받는 것이다.
그럼 그 사랑은 주는 것이 먼저인가? 받는 것이 먼저인가?

물질의 분석으로 물질의 질서를 알게 되듯이
그리고 그 지식에 의해 모든 발전이 이뤄지듯이,

정신계의 일도 분석이 필요하다.
사랑은 주는 것을 우선으로 한다.
그것은 우주 창조(법칙)가 그렇기 때문이다.

신(어떤 의지)은 자신을 나타내고 싶어서 '창조행위'를 했고,
그 피조물이 자신을 알아주고 자신과 같이 공감해주길 원했다.
그 때문에 신은 최종적으로 한 인격체(인간)를 만드신 것이고,
그 인격체를 위해 그에게 필요한 모든 것을 준비하셨던 것이다.

현대과학은 이제 우주공간에서 한 사람의 인격체가 나오려면
우주 안의 수만 개의 조건들이 다 필요하다는 걸 알게 됐다.
그 하나의 대상자, 하나의 인격체 인간을 위하여
신(어떤 의지)은 그 모든 조건을 준비하신 것이다.

이것이 사랑의 기원이다.
사랑은 먼저 줘야만 하는 것이다.
주고, (상대가 성숙할 때까지) 기다리는 것이다.

이 세상은 우선해야 할 것을 뒤로하는 거짓 세상이다.
주는 것보다 받을 것을 우선하는 거짓된 세상이다.

이 세상은 그 나라와 그 의
즉, 전체적 이타를 구하지 않고,
먼저 자신만의 사욕을 챙겼다.

진리를 외면한 세상이 심판을 받으리란 말도 진리이다.

2
진리는 내적 세계의 과학이다.
논리에 부합되어야 한다.

진리는 또 자명하고 보편 정대한 것이다.
보편된 인류의 가르침에 이어있어야 한다.
고대로부터 일러오는 가르침을 외면하고 설 수 없는 것이다.
먼 거리로부터 비쳐오는 별일수록 길의 지표가 되는 것이고,
고대로부터 전해오는 가르침일수록 삶의 지침이 되는 것이다.

진리는 또 중도(中道)의 자리이다.
그것은 이것도 아니고 저것도 아닌 중간의 것이 아니라,
이것도 포함하고 저것도 포함한 크로스 오버의 것이다.
상대적 입장을 포함할 수 없다면 진리가 아니다.

진리는 논리(철학)의 첨단이다.

첨단은 간단과 단순을 향한다.
어렵게 말하지 아니하고, 우회하지 아니한다.
누구나 알기 쉽고, 편하게 이용할(실천할) 수 있도록,
단순의 형태로 나타나는 것이다. ●

악마

1

악마(惡魔)란 무엇일까?

지금까지 인류가 행복의 세계(유토피아)를 소망하여왔어도

그 세계를 이룰 수 없었던 이유는

그 행로를 방해하는 주체, 악마에 대해 몰랐기 때문이다.

세상의 구원자 메시아가 자기(이기)의 개념이 없는 사람이라면,

세상의 파괴자인 악마는 그 반대의, 자기의 개념만 있는 사람이다.

그 악마가 지금 이 세상을 움직이고 있는 주체이며,

예수가 일러 가리킨 "세상의 임금(요 12:31)"이다.

악마가 가는 장도는 금을 찾아 나선 서부 사나이들의 가는 장도와 같다.

처음엔 하나의 큰 무리가 의기투합되어 출발한다.

진행하면서 차츰 이기가 발동하여 동료를 제거하기 시작하고,

목표 지점에 이르러서는 마지막 동료까지 제거하고 혼자 차지하는 것

이다.

그리고 결국은 자신도 고향에 돌아가지 못하고 죽어

황야에서 독수리 밥이 되는 것으로 종결되는 것이다.

이것이 악마(이기)가 이끄는 세상의 종말이다.

황금을 찾아 나선 총잡이들의 마음속엔 작게나마 가족이 있었다.
하지만 지금은 황금을 앞두고는 가족도 없는 시대가 됐다.
오로지 '부자 아빠' 만이 목표이고, 관심과 존경의 대상이 되었다.
바야흐로 물욕으로 어두운, 캄캄한 밤의 시대인 것이다.

2

악마란 악행을 하는 사람이 아니다.
이기(만)를 생각하는 사람이다.

그 이기는 생활 속에서 여러 가지 형태로 나타난다.
상황에 따라 인자함과 온화함,
평화로움과 여유로움을 나타내기도 한다.
하지만 자기의 이익에 조금이라도 불리한 상황이 오면
태도는 돌변하여, 악마의 근성을 나타내는 것이다.

악마는 개(犬) 과(科) 동물과 같다.
자기 밥그릇이 침해되면 그 태도가 180도 달라지는 것이다.

악마는 양의 탈을 쓰고 선행을 하기도 한다.
자신의 사회적 평가와 이미지를 위해(이기적 야심을 위해) 하는 것이다.

진보된 악마의 행보인 것이다.

지금의 사회는 이러한 것이 만연한 사회이다.

하지만 진정한 선이란,

이타(利他)를 위해 사회적 평가와 이미지 훼손을 무릅쓰면서

스스로 사회적 악역을 맡는 일이다.

그러므로 선악의 극치에선 그것이 선인지 악인지,

선의 길(사람)인지 악의 길(사람)인지 구분하기 힘든 것이다.

이렇게 하여 역사적 진실은 베일에 가려져 왔다

의인은 역사의 이인자(二人子) 내지 낙오자가 되어 무대 뒤에서 뒤척여왔고,

역적으로 몰려 시대의 뒤안길로 사라져갔다

대표적으로 나사렛 예수가 그랬다.

역사는 그렇게 반복되어, 이제 사람들은 '선의 보수'를 믿지 않게 됐다.

"선을 행하면 복을 얻으리라"는 교훈을 누가 깊이 간직하고 있는가!

오늘의 가슴속엔 세상 임금(악마)의 교훈만이 깊이 간직되어 있다.

"약삭빠르게 너의 기질(이기)을 발휘하라! 아니면 이 시대에서 퇴출이야!"

하지만 신은 이기를 넘어 이타를 생각했던 '처음 인간'을 지금의 인류로

발전시켰듯이,

이타를 실천하는 의인들을 위해 그의 선물을 마지막 언덕에 남겨놓으셨다.

지금은 말세의 때이다.
모든 것이 결실로서 나타나는 때이다.
그 결실로서 자연심판이 이루어지는 때이다.

3

악이란 악행을 하는 것이 아니라,
이기(小我)를 생각하는 모든 것이다.

그 이기의 맨 끝에 물질(돈)과 색(色)이 있다.

남자에게는 색이, 여자에게는 돈이
이기적 자신의 마지막 장막이 된다.

남자와 여자, 이 두 주체가 자신들 앞에 놓인 그 장막을 걷어 제칠 때
진정한 사랑의 세계(유토피아)가 열릴 것이다.

4

선한 목자의 정체는 이타(公)이고,
악마의 정체는 이기(私)이다.

선한 목자는 입의 막대기, 참 말을 자신의 무기로 쓰며(이사야 11:4),
악마는 입의 막대기, 거짓말을 자신의 무기로 쓴다(창 3:5).

선한 목자는 진리의 말을 타고 정도(貞道)를 가고,
악마는 거짓말을 타고 거짓 거리를 활보(闊步)한다.

악마는 私탄이다.
사(私)를 타고 활동하는(움직이는) 놈이다.
선한 목자는 자신을 공화(公化)함으로 사탄을 떨궈낸 사람이다.

5

지피지기(知彼知己)면 백전백승(百戰百勝)이다.
이제까지 인류가 '이상사회'를 이루지 못한 이유는
악마의 정체와 그의 '무기'를 몰랐기 때문이다.

거짓(말)이 발붙이지 못하게 하는 사회가 돼야 한다.

거짓(말)을 가장 큰 중죄로 여기는 사회가 돼야 한다.
인류는 어릴 적 부모님의 말씀을 교훈으로 삼아야 한다.
"거짓말을 하지 마!"
네 잘못(행동)은 용서할 수 있어도, 거짓말은 절대 용서할 수 없어!"

거짓을 중죄로 다스리는 것은, 그를 용서해주기 위해서이다.

6

거짓말은 악마가 사용하는 가장 큰 무기, 전차(戰車)이다.
그 전차에 의해 악마의 전천후 활동이 이루어지는 것이다.
인류사회는 거짓을 금해, 이 전차의 활동로를 봉쇄하는 것으로
날개 치는 악마의 활개는 대다수 접을 수 있을 것이다.
하지만 아직 악마의 마지막 거점지 요새(要塞)가 남아 있다.
이 악마의 마지막 요새를 알지 못하면 싸움은 끝나지 않는다.
이 고통스런 싸움을 종료하고 영원한 평화의 나라에 들려면
그 악마의 마지막 거점지인 要塞를 찾아 점령해야 한다.
그리고 그곳에 하늘의 깃발을 꽂아야 한다.
정신의 깃발이 휘날리게 해야 한다.

지금까지 인류는 그 요새가 어딘지 정확하게 알지 못했다.

정확하게 알지 못함으로 발본색원(拔本塞源) 또한 할 수 없었다.

땅 속 깊이 자신의 몸(정체)을 숨기고 있는 악마에게

정확하지 않은 땅 밖의 수많은 포탄은 아무 소용없다.

아주 정확하게, 한방에 날려 보내야 하는 것이다.

악마의 정체를 밝힌다.

점령은 정진하는 자의 몫이다.

악마의 정체는 뱀(巳)이다.

뱀의 정체는 이기(利己)이다.

그리고 그 이기의 마지막 요새가 바로 색(色)이다.

악마는 자신(이기)을 떨치고 가나안을 향하는 모든 인간의 발걸음 끝

요단(色)강 강가에서 자신을 숨기고 그들의 행로를 막아왔던 것이다. ●

때

1

"때가 찼고 그 나라가 가까이 왔다." (막1:15)

때란 무엇이고, 또 언제를 말하는 것일까?

우주 안의 모든 사물의 일은 때를 겸행한다.
시작되고, 진행되고, 절정에 이르며, 결말을 맞는다.
우주 삼라만상이 저마다의 궤도를 그리며 운행하듯이,
사물과 사람의 일도 저마다의 과정 속에서 궤도를 그리며 진행되는 것이
다. 그 궤도 속에서 '어느 한 때'가 오는 것이다.

폭발과 함께 한 우주 역사는 '어느 한 때'에
그 우주를 인식하는 한 인격체를 탄생시켰으며,
그 인격체는 다시 어느 한 때를 향해 나아왔다.

최초의 인간이 그 이전 동물의 마지막 단계였듯이
지금의 인류는 또 어떤 처음을 향한 마지막 단계이다.

처음, 동물의 지경을 넘어선 한 인간이 나오게 되었을 때,
그가 비록 타 동물과 구별되는 한 의식의 소유자였을지라도
그가 딱히 특별하게 다르다고 할 만큼의 구분된 존재는 아니었다.

그의 내재된 습성 대부분은 아직 동물의 것과 크게 다르지 않았고,
그의 외견 또한 그 이전 동물의 것과 크게 다르지 않았다.
무엇도 지금 인간으로의 발전을 상상할 수 없었다.

인류의 처음,
동물적인 것이 다 소멸되고 완전히 새로운 존재로 탄생되어 나온 것이 아니라, 단지 기존의 동물과는 구분되는 하나의 새로운 '경향성'을 갖게 된 것뿐이다. 그 '경향성'은 미미한 것일지라도 점차 엄청난 격차의 것으로 나타나게 된다.

인간이 처음 갖게 된 경향성은
머리를 하늘로 두게 되었다는 것(직립)이나,
그에 따라 손을 많이 사용하게 됐다는 것과
그에 따라 생각이 많아지게 됐다는 것 등이다.
나머지는 결코 타 동물과 크게 다르지 않았다.

동물의 습성 99%, 새로운 경향 1%, 그것이 인간의 시작이었다.
(이것은 다른 종들의 새로운 탄생에서도 마찬가지이다)
인간이 처음 가졌던 그 경향성이 점차 인간만의 기질로 차별화되고, 가속화되어, 이젠 외양으로도 다른 동물과 현격하게 차이 나는 뚜렷한 변화를 가지게 된 것이다.

이제 그 인간이 새로운 또 하나의 때를 맞고 있는 것이다.

그것은 사물의 설계도처럼 태초 인간이 시작될 때부터 그려졌던 그림이
기도 하다. 인간의 시작은 타(他)를 자각함으로 시작된 것이다.
他에 대한 자각과 함께 동시에 가지게 되는 이타(利他)의 가치를
가슴에 품고 지향하는 것으로 그의 역사를 이뤄온 것이다.
이제 인류는 그 목적을 완전히 이뤄, 동물지경(이기)을 벗어나
이타의, 신의 아들의 영역으로 가야 하는 때를 맞이하고 있는 것이다.
자신, 우주 의식의 결정체로서 우주의 아들로 서야 하는 때인 것이다.

이것은 알파와 오메가, 처음과 끝을 이루는 것으로서
인간 자신이 신과 같은 모습에 이르는 때인 것이다.

2

물질(몸)의 합산색은 검정(어둠)을 이루고,
빛(정신)의 합산색은 흰빛(밝음)을 이룬다.

지금의 때는 온통 물질(物質, 萬能)과 육색(肉色)의 캄캄한 어둠의 때이고,
모든 경전에서 '오리라' 예언했던 예언의 그때이다.

정신(빛)의 '그님'이 다시 오는 때이다. ●

그날의 의_義

한 사람의 행동이 인류의 보편적 도덕과 관습에 준한 것이면 의(義)가 되고
그렇지 못한 것이면 불의(不義)가 된다.

그러나 이러한 기준이 달라지는 경우가 있다.
바로 말세의 때에 그러하다.

일에는 때가 있고 상황(장소)이 있어,
어떠한 것이 어느 때에는 옳고 어느 때에는 그르며,
어느 상황에서는 옳고 어느 상황에서는 그른 것이 된다.
비가 봄날의 곡식에겐 좋은 영양이 되지만,
가을 녘의 곡식에겐 해로운 독이 된다.
춘향의 정조(貞操)가 변사또의 법 아래선 죽을 죄목(罪目)이지만,
이도령의 법도 아래선 영원히 기념할 덕목(德目)이 된다.
불의가 죄가 되지 않고, 의를 취하지 못한 것이 죄가 되는 순간이 있다.
바로 '그날' 의 순간이다.

'그날' 은 흡사 전쟁 유사시와 같다.
그날에는 불의를 행한 죄인(아군)은 용서받을 수 있지만,
의를 취하지 못한 죄인(적군)은 용서받을 수 없게 된다.

이천년 전 '그날' 에 십자가의 청년(예수)과 함께 있었던 두 죄인은

자신들이 취한 입장에 따라 각각 낙원행과 지옥행을 결정받았다.
그들이 강도였건, 도둑이었건 그 이전의 죄과적 기준은 연계되지 않았다.

이처럼 '그날' 에는 일반적인 도덕과 관습에 따른 의, 불의는 중요치 않다.
디디고 선 발이 어디에 거치한 것이냐에 따라 선악(善惡)이 갈라진다.

아군이냐! 적군이냐!
빛이냐! 어둠이냐!
하늘이냐! 땅이냐!
정신이냐! 물질이냐!
이타이냐! 이기이냐!

'좁은 문' 으로 가라했고, "깨어있으라"고 했다.
지금 어느 누가 정신을 붙잡고, 그 불을 켜고 있는가!
이 세대는 모두 물질(큰길)을 따라 어둠(죽음)을 향하고 있다.
옛날 그때(노아, 예수)와 같다. ●

3부

종교 宗敎

종교란 풀이하여 '마루 종(宗)'과 '가르칠 교(敎)'로
'마루 된 가르침' 또는 '근본 된 가르침'이다.

이제까지 인류는 종교를 통하여 인생(우주)의 근본은 무엇이고,
어떻게 살아야 할 것인가의 근본 가르침을 교육 받아왔다
그런데 그 가르침의 내용들이 사람들의 이기에 의해
달리 설명되고 주장되어 많은 종교를 이루게 되었고,
결과적으로 많은 사회적 혼란을 가져오게 되었다.

하지만 '마루'와 '근본'이 결코 여럿이 될 수 없는 것.
이제 모든 종교는 가르침의 근본이 하나인 것을 깨달아
모두가 통(通)할 수 있는 진리의 자리에 나아가야 한다.

종교적 진리는 하나의 큰 산과 같다.
끝이 높아 다 올라가보지 못했고,
다 올라가보지 못해, 통일된 설명을 하지 못한 것이다.
자신들이 처한 상황에서, 자신들이 보고 있는 면(面)을 이야기하게 된 것
이다. 부분적 소아(小我)에 머물러 전체적 대아(大我)를 보지 못하게 된 것
이다.

백두산은 하나지만 사면을 아우르고 있어,

보는 방향마다 각각의 양상을 보이게 된다.

높은 능선은 국지를 나누는 경계가 되기 십상이어,

이편(한국)에서는 '백두' 라 하고 저편(중국)에서는 '장백' 이라 부른다.

히말라야는 또 어떠한가?

그 높은 지경(地境)으로 다섯의 국경을 이루게 하였으며,

각기 다른 수많은 언어와 민족, 문화를 이루게 하였다.

하지만 산(산맥)은 하나이다.

이편과 저편의 보이는 양상이 다를 뿐이다.

보이는 구조와 형태가 다르므로 이름(길)에 대해 달리 부르게 되었고,

그 오르는 방법(가르침)에 대해서도 달리 설명을 하게 되었던 것이다.

종교적 진리는 얼마나 큰 산인가?

정상에 오른 이 얼마나 되겠는가?

이제 종교는 이기를 버리고 더 높은 자리에 나아가야 한다.

새 시대의 종교는 '종교(終敎)' 이다. ●

종교 終教

이제까지 모든 종교(宗敎)의 발걸음은 종(從)의 발걸음이었다.
계율에 의해 움직여져 왔던 것이다.

이제 새 시대의 아들이 전하는 종교는 終敎이다.
스스로의 양심 속에 하늘의 가르침을 듣고 따르는 때인 것이다.
종에서 아들에게로 입양되는 것이 새 시대 하늘의 뜻이다.

그래서
"건강한 자에게는 의원이 필요 없나니, 병든 자에게야 필요하다"(마태 9:12)
고 했던 인자(人子)의 말은 결자해지(結者解之)되어, 다시 이 시대에 전한다.

"병든 자에게야 의원(종교)이 필요하나니, 건강한 자에게 의원은 필요 없다."

이제, 새 시대에 의원(從敎)은 필요 없다.
의사(하늘)도 이 순간을 고대해왔다

환자의 퇴원으로 비로소 자신도 '돌팔이 의사' 의 누명을 벗게 되듯이,
이제껏 신은 환자(인간)의 퇴원(구원)을 간절히 바래왔던 것이다.

이제 새 시대의 종교는 終敎이다.
終敎는 아들이 갖는 신앙이다.

이제 인류는 자신 내면의, 스스로의 음성을 따라야 한다.
양심이 곧 신이 임재하시는 자리인 것이다.

양심 안에 신(神)을 모시어라.
그 안의 악마(이기)를 추방하고
하늘 아버지를 모시어
영원히 그를 안주(安住)케 하라. ●

신神

진리가 논리의 중도(중심)에 있는 것처럼
신은 우주의 중도(중심)에 계신다.

신은 무한 공간(우주)의 중심에도 계시지만,
개체와 세포의 중심에도 계시고,
소립자와 미립자로 이어지는 무소공간의 중심에도 계신다.

그는 영원의 시간 속에 거하시며 영원의 시간을 운행하고 계시지만,
찰나(刹那)의 시간 속에도 거하시며 찰나의 시간을 운행하시는 것이다.

우주 삼라만상이 법칙에 의해 운행되듯이
신은 원리로써 자신의 행사를 드러내신다.

우주 진화(창조)의 중심에 존재하고 계시는 신은
그 결정체(結晶體)인 인간의 중심 속에도 거하시게 되는데,
신은 인간의 중심인 본심(양심)을 통하여 머물게 되신다.

그러므로 인간이 마음의 불을 밝혀 자신의 양심을 깨끗케 하는 일은
제사와 찬양으로 이어지는 종교적 헌신보다 값지고 거룩한 일이다.

악마(이기)의 공격로부터 자신의 양심을 철저히 지켜,

자신을 완전히 공화(公化)하는 일이

사랑의 神을 영원히 안식시켜드리고, 시위(侍衛)하는 일이다.

양심은 하늘신이 그에게 머무는 최후의 요새(要塞)이다. ●

신앙 信仰

1

신앙은 영원한 가르침을 진리로 믿고 우러러 따르는 것을 말한다.

그러므로 신앙은 눈앞에 펼쳐지는 현실의 일과 일치하진 않는다.

오히려 신앙은 현실을 잊고 먼 미래를 바라보고 가는 것으로써,

마치 여행자가 먼 북두칠성을 지표삼아 밤길 산속을 넘어가는 것처럼

언젠가 닿게 될 그 나라를 위하여 험난한 현실고개를 넘어가는 것이다.

말세는 모든 것들이 결실을 이루는 때로,

신앙자의 발걸음도 그 결실을 맞는 때이다.

그러므로 신앙자는 유치한 신앙을 버리고 성인된 신앙 위에 서야 한다.

신이 있다면, 그는 인간에게 부모와 같아,

믿는 자나, 믿지 않는 자나 똑같이 사랑하고, 생각하고 계실 텐데,

왜 그의 자녀 된 인간들은 그를 안 믿는다는 것으로 '지옥행'을 생각하는

것인가? 어려 철없을 때 한번쯤 상상으로 해봄직한 생각들을 성인이 된

지금에도 하게 된다면 그것은 그들이 업신여기는 구약의 미신과 다를 바

없는 것이다. "나 외에 다른 신을 섬기지 마라(출 20:3)"는 성서의 계율은

인간이 아직 어렸을 때(구약) 신이 준 열 가지 계율(十戒) 중 하나로,

당대 사람들이 사리사욕을 위하여 우상을 숭배하므로 사리사욕(이기)을 금

하라는 의미로 그와 같은 계율을 준 것이다. 그러므로 사리사욕(이기)이 기

저(基底)된 모든 신앙은, 그것이 아무리 위대한 종교를 바탕한 것일지라도

다 우상이다.

"나 외에 다른 신을 섬기지 말라"는 말은
보편적 가치 외에 다른 모든 편향적 가치를 따르지 말라는 말이다.
신은 바로 보편적이고 과학적인 가치와 법칙 위에 임하시는 것이다.

"너를 위하여 새긴 우상을 섬기지 말라."(출 20:4)
우상은, 마음속으로 하는 우상도 우상이어서,
그릇되게 믿고 있는 모든 신앙은 다 우상이다.
그릇된 믿음이란, 인류의 보편적인 가치를 비켜난 모든 것들이다.
정의나 도덕, 이웃에 대한 사랑 등 인류의 보편적인 가치보다
자신의 사(이기)적인 가치를 추구하는 모든 것은 다 우상이다.

자신의 건강(만)을 주문하면 우상이다.
자신의 건강을 이웃봉사에의 필요로써 주문돼야 믿음이다.
부나 명예, 자신의 출세 등을 주문하면 우상이다.
그것이 이타(利他)에의 필요로써 주문돼야 믿음이다.

"너희는 먼저 그 나라와 그 의를 구하라."
이것이 모든 신앙의 근본이다.

이제 부모는 성인된 자녀가 세세한 규율에 매이는 것을 원치 않으신다.
자녀 스스로가 책임있는 자신의 도리를 찾아 세우기를 바라는 것이다.

2

신앙을 갖는다는 것은 보편의 진리를 믿는다는 것이다.
보편적 진리 가운데 보편적 진리는 '자연의 진리' 이다.
하늘은 스스로 돕는 자를 돕는 자로,
자연적 원리에 따른 신앙만을 자신의 것으로 상대하신다.
그것은 마치 선로(線路) 위의 기차와 같은 것으로,
신은 자연의 원리 안에서만 자신을 움직이시는 것이다.
그러므로 자연(과학)을 배우는 것은 신앙의 기초가 된다.
봄이 가고 여름이 가면 가을과 겨울이 온다는 것,
시작과 전개가 있으면 절정과 결말이 있다는 것,
질서와 변화 안에서 생성과 소멸을 반복하는 존재,
그 안에서 자신의 행사에 '영원성' 을 찾는 것이다.

연금술(연금의 과정)은 자연원리의 집약이다.
자신 안의 영원성을 부여잡고 현실의 고통을 통과하는 것이다. ●

윤회

1

윤회는 존재의 존재원리이다.

하나의 물방울이 모여 내(川)를 이루고.

내(川)가 모여 강을 이루고.

강은 흘러 바다를 이루고.

바다는 흩어져 구름을 만들고.

구름은 다시 하나의 물방울이 된다.

하나의 땅 방울(행성)이 모여 태양계를 이루고.

태양계가 모여 은하를 이루고,

은하는 흘러 우주를 이루고,

우주는 흩어져 먼지 구름(성운)을 만들고,

먼지 구름은 다시 하나의 땅 방울을 만든다.

이처럼 한 인간이 있다.

하나의 인간이 모여 가족을 이루고,

가족은 모여 민족을 이루고,

민족은 모여 국가를 이루고,

국가는 모여 세계 인류를 이룬다.

인류는 흩어져 시대 영혼 한 방울을 다시 만든다.

하나의 물방울이 수많은 수증기의 합산체이듯,
하나의 땅 방울이 수많은 우주 먼지의 합산체이듯
하나의 인간은 수많은 시대 영혼의 합산체이다.

이 과정은 모두 윤회와 같은 형식을 띤 것이지만,
똑같은 형태로 반복만 계속하는 윤회가 아니라
어딘가를 향하여 변화하고 진화되는 윤회이다.

기독교의 우주관이 창조(관)에 머물러 있고,
불교의 윤회관이 반복에 머물러있던 것은
변화하는 생명의 끝에 신이 있어, 윤회의 반복 속에서 어느 순간
'진화의 형식을 띤 창조'를 이룬다는 사실을 몰랐기 때문이다.

고대 인도와 동양에 태고 적부터 있어온 윤회론은
기독교의 재림론을 이해함으로 진의를 알 수 있다.
윤회론과 재림론은 보는 관점에 의해 달리 표현된 '한 그림' 이다.
이쪽에서 '간다' 하면, 저쪽에선 '온다' 고 하는 것과 같은 것이다.

이러한 사실을 모르기 때문에 오늘날까지 윤회를 말하고 있는 불교에서도

환생이 어떻게 이루어지는지 그리고 어떻게 전개되는지 모르고 있었던
것이다.

인간이 죄가(罪價)에 따라 동물로 태어나는 것은 절대 가능하지 않다.

2

보이는 것(육체)을 표현하면 불교의 '환생' 이고
보이지 않는 것(영혼)을 표현하면 기독교의 '재림' 이 된다.
환생도, 재림도 결국 윤회의 한 그림이고, 다른 표현인 것이다.

꽃은 꽃으로 윤회하고,
벌레는 벌레로 윤회한다.
늑대는 늑대로 윤회하고,
뱀은 뱀으로 윤회한다.

그리고 인간은 인간으로 윤회한다.

인간은 우주의 축소체로,
인간 안에 꽃과 같은 요소, 늑대 같은 요소 등
우주의 모든 특징적 요소들이 두루 나타나있다.

그 중에서도 각각의 성향에 따라 어떤 특징적 요소들을 더 갖추게 되는데,
윤회론은 그 두드러져 나타난 특징들을 비유적으로 설명하게 된 것이다.

그래서 "죄를 지으면 호랑이가 된다"는 말은
호랑이 같은 성격의 사람이 죄를 짓고 죽으면
즉, 호랑이 성향의 사람이 자신의 단점을 극복하지 못하고 죽으면,
다시 호랑이(호랑이 성향의 사람)로 태어난다는 것을 말하는 것이다.

하나의 사람(존재)이 자신의 단점을 극복하지 못하면
진화하지 못하고, 다시 이전의 모습을 반복하게 되는 것이다

술주정뱅이가 죄를 지어(단점을 극복하지 못하고) 죽으면
다시 술주정뱅이로 환생할 것이고

바람둥이가 죄를 지어 죽으면
다시 바람둥이로 환생할 것이다.

인과응보(因果應報), 사필귀정(事必歸正)인 것이다.

3

윤회에는 주기(시간)가 있다.

하루의 주기가 있고,
년(年)의 주기가 있고,
시대의 주기가 있다.

그것은 지구가 자전하고 태양을 돌며, 태양은 은하를 돌며,
은하는 더 큰 우주를 놓고 운행하는 것과 맥을 같이 한다.

그렇게 존재(생명)의 주기가 있다.

세포(조직)의 구조가 단순한 것일수록 윤회의 주기가 짧고
구조가 복잡하면 윤회의 주기 또한 상대적으로 길어진다.
하루살이나 벌레의 윤회주기는 아주 짧을 것이고,
개나 침팬지 등의 윤회주기는 좀 더 길 것이다.

죽음에 앞서서 고통을 표출하는 정도는 아마 윤회주기와 관련돼 있을 것
이다. 주기가 클수록 그에 대한 파문(죽음의 고통) 또한 크게 갖게 되는 것
이다.

그와 같이하여 인간은 다른 동물보다 상대적으로 긴 윤회주기를 가지고
있다. 인간 중에서도 단순한 성격의 (평범한) 사람은 윤회주기가 짧고,
복잡한 성격의 (특별한) 사람은 상대적으로 긴 윤회주기를 가진다.

그리하여 예수 같은 이는 이천년이 지나서야 다시 오는(再臨) 것이다.

4

환생과 재림이 과거의 영혼이 다시 돌아오는 것이지만,
그것이 과거 모습으로의 똑같은 재생은 아니다.

이 우주에 똑같은 시간이 있지 않는 것처럼
생명(사물)에도 똑같은 존재란 있지 않다.
지금의 자신조차도 어제의 자신이 아닌, 어제와 다른 사람인 것이다.

어제에 갖던 기호나 취미 등 그 성향이 변했을 수 있으며,
(이것은 어쩌면 하루만에도 180度 다르게 변모할 수 있다)
내적 성향(만)이 아닌 외적 형태조차 다르게 변모했을 수 있다.
하물며 세대를 지나 환경과 조건이 모두 다른 배경을 통과하는데,
그 영혼이 어떻게 똑같은 모습으로 재생(환생)할 수 있단 말인가.
그 같은 재생은 할 수도 없으며, 할 필요도 없는 것이다.

예수는 똑같은 모습(외모)으로 환생하여 오는 것이 아니다.

그는 같은 감성, 같은 생각의 구조, 같은 내적 성향을 가지고
같은 시대적 상황에서, 그와 같은 사명을 갖고 오는 것이다.

이처럼 환생(재림)은 그 사람이 갖고 있는 내적 성향을 딴 것이다.

현재 진행되고 있는 생명복제 기술은 더 발전하여
재림과 환생에 관해 과학적 설명을 해주게 될 것이다.
하지만 인류는 황우석 박사의 줄기세포 문제와 함께
생명복제 문제에 있어 좀 더 시간을 두고 접근하게 됐다.
이 생명복제에 대한 언급은 아직 윤리논란이 있을 것이므로
앞서의 성(性)에 관한 주제와 함께, 다음으로 미루기로 한다. ●

최초의 업 業, 原罪

1

생물의 처음, 세포의 분열이 있기 전에는
뿌리와 줄기, 가지와 잎은 구분이 없었다.
분열이 있고서야 그 구분이 시작되었다.

아직 처음 인간이 나오기 전 즉, 정신계에서의 분열이 있기 전엔
지금과 같은 도덕과 윤리의 선과 악 등은 구분되지 않았다.
정신적 분열 – 자각 – 이 있고서야, 진, 선, 미의 큰 가지가 분류되고
선과 악, 의(義)와 불의(不義) 등의 구분이 있게 되었다.

최초의 분열에 의해 전개되는 형태는
이후의 작용에 큰 틀을 형성하게 된다.
이 시기(始期)에 발생되고 형성되는 것은
존재의 내부에 강력한 법칙으로 새겨져
존재의 작용(행위 양상)을 주도적으로 지배하게 되는 것이다.

인간 처음의 정신적 분열의 핵심은 '성적(性的) 자각'이었다.
성은 미미한 존재물에서 고등한 동물에 이르기까지,
가장 크고 중요한 영향의 메커니즘으로 선다.

인간은 동물의 지경을 벗어나는 마지막에서

'性' 에 대해 어떤 '단계' 로서 자각을 한 것이다.

이것은 동물이면서 동물이 아닌,
신을 닮은, 신의 아들이고자 하는 자각으로서,
진화의 첨단에서 나온 의식의 혁명인 것이다.

인간이 처음 갖게 된 이러한 의식이 탈동물의 시작이었다.
그리고 그 의식을 달성(완성)하였다면 탈 동물을 완성하였을 것이다.
하지만 '처음 인간' 이 그 의식을 완성하지 못한 채 미완성으로 역사가 시작되어, 인류는 동물 지경을 벗어나지 못하고 갈등하는 존재로서 역사를 이어 온 것이다.

태초의 인간에게 일어났던 이 자각과 그에 대한 業은
인간 내면의 틀이 되어서 사회 저변을 흐르게 되었다.

2

그럼 인간의 최초의 業은 어떻게 전개되었던가?

기록(성서)을 보면 '처음 인간' 은 스스로의 자각에 의해
"선악과를 따먹지 말라"는 계(誡)를 가지게 되었으며,

뱀의 간계에 의해 그 계(誡)를 지키지 못하게 되었고,

이후 부끄러움을 느껴, '벗음'에서 '가림'으로 변화를 가지게 되었다.

많은 종교에서 공통적으로 말하고 있는 이 최초의 업 원죄(原罪)는,

생물학적으로 최초의 유전자에 한 '나쁜 선례'를 형성시켜 남기게 된 것

을 의미한다.

이 최초의 '나쁜 선례'는 하나의 치명적 유전자가 되어

이후 인간 역사를 악(惡)으로 작용하게 하는 요인이 되어왔다.

최초의 業은 개인의 생과 인류의 역사에 깊이 연유되어

어둠과 고통, 혼란과 사망으로 이끄는 인자(因子)가 되었던 것이다.

인류 역사는

최초 유전자가 남긴 불완전한 기억에 대해, 무의식중에도 반응하여

그 극복을 위한 방편을 향해 치열한 발걸음을 옮긴 응전의 기록이다.

모든 인류의 종교와 사회의 도덕은 무의식중에서도

이 '벌거벗음'과 '가림'의 행위유발체인 음란(淫亂)의 이것을

경계의 최일선에 세움으로서 '응전(應戰)'의 역할을 해온 것이다.

성서는

최초의 이 '나쁜 선례(業)'의 결과로

인간이 죽음에 이르게 되었다는 것과

인간의 생명나무로 나아가는 길을

신이 '그룹들과 두루 도는 화염검'으로 막아

영생의 문이 닫히게 된 것으로 기록하고 있다.

3

메시아는 업(原罪)이 없이 온 사람이 아니라,

스스로의 의지에 의해 業을 제거한 사람이다.

그는 철저하게 정신을 지향함으로, 그 정신의 뜻 이타(善)를 이뤄,

몸을 근거로 활동하는 악마와 그 작용(業)의 굴레를 벗게 된 사람이다.

그는 모든 사람들이 가지고 있는 것처럼 자신에게도 있는

그 불완전하고도 치명적인 처음의 업(원죄)을 극복하기 위해

스스로 처절하고도 눈물겨운 과정을 거치는 것이다.

성(性)은 이기가 발원하여 강을 이루게 하는 모든 이기(악)의 발원지(發源
池)이기도 하다. 메시아는 스스로의 의지에 의해 사(巳)가 지키고 있는 색
강(色江)을 넘어 가나안에 이르게 된 것이다.

메시아가 자신의 성욕을 떨치고 악마의 이기권(利己圈)을 벗어나는 과정은
로켓이 자신의 몸체를 떨구고 중력의 지구 대기권을 벗어나는 과정
과 같다.
자신에게 있는 몸의 에너지를 불살라, 생명화하여 대기권에 이르고,
지구 자장을 벗어나는 마지막에는 자신의 몸체를 버리고 치솟는 것이다.
로켓이 자신의 몸체를 모두 던져버리고, 중력의 경계를 넘는 일은,
생명이 생명의 경계를 넘는 일로 '죽고자 하는' 과정인 것이다.
생명은 그 과정을 거치고서야 자유(무중력)의 신세계에 이르는 것이다.

처음 인간(아담)에 의해 벌어졌던 최초의 업(原罪)은
끝날 인간(후아담, 재림 메시아)에 의해 맺음 되게 된다.
그는 성(sex)에 대한 새로운 질서와 기준을 세움으로,
인류를 자유와 질서의 세계로 인도하는 것이다. ●

구원

1

오늘날까지 각 종교는 '구원' 을 말해왔다.
하지만 진정한 구원이란 무엇일까?
나름대로의 구원(觀)을 저마다 들 수 있겠지만, 압축하여
'죽게 되었던 사람이 다시 살게 된 것' 이라 할 것이다.

더 구체적으로 말하면
'병들어 죽게 되었던 사람이, 병이 나아 건강을 회복하게 된 것' 이다.

인간이 태고 적부터 종교를 통해 '구원' 을 말하게 되었던 것은
자신이 불치병에 걸린 환자와 같은 입장이란 걸 알았기 때문이다.
존재는 스스로 자신이 갖게 된 결함에 대해 인지하는 것이다.

그렇다면 인간은 어디가, 어떻게 그리고 왜 병들게 된 것일까?
병에 대해 알려면 먼저 건강이 무엇인지에 대해 알아야 한다.

건강이란 무엇인가.
건강이란 하나의 개체가 '조화와 균형을 이룬 상태' 라 할 수 있다.

따라서 병이란 하나의 개체가 '조화와 균형을 잃게 된 것' 이다.
이때의 건강 또는 병이란 몸과 마음, 영과 육 양자를 말하는 것으로,

어느 한쪽만을 염두에 두거나 고려한 것이 아니다.
완전하게 건강한 육체의 소유자라면 영혼 또한 완전하게 건강한 자이고,
완전한 영혼의 건강을 이룬 자라면 그 육체 역시 완전한 건강함에 이른다.

육체의 건강은 영혼의 건강과 오차 없이 일치하여
서로 절대적인 관계 속에서 상호 영향을 주고받는다.

단, 여기서의 건강은 나이가 아직 젊어서 갖는 청춘으로의 건강과
몸에 이상이 생겨서 이루어지는 신체 부자유의 건강을, 건강으로 말하지
않는다. 여기서 말하는 건강은 세월에 의해 변하지 않는 연금으로써의
건강을 말하는 것이다.

2

인간의 몸은 세월 속에서 기울어져간다.
그것은 모든 동식물의 세계도 그러하며,
광물의 세계 또한 그러하다.
기울어가지 않는 존재란 없다.
하지만 연금된 존재는 그렇지 않다.
영원성을 나타내 보이는 것이다.

인간은 동물의 지경을 넘어 신의 영원성을 향해 왔고,
小我(이기)를 넘어 全我(이타)를 생각하게 되었다.
태초의 인간이 이기(利己)를 버리고 이타(利他)를 온전히 이뤘다면
그는 균형을 이루는 생명나무가 돼서 불로장생의 길을 갔을 것이다.
하지만 이기(原罪)로, '균형으로 가는 길'을 잃어버림으로,
태초에 가졌던 천년의 생을 백년으로 한정하게 된 것이다.
이기로 눈(慧眼)이 흐려져 불균형의 길을 가게 된 것이다.

인간이 가진 불균형은 죽음으로 이르게 하는 병이 되었으며,
그 후부터 인류는 병원(종교)을 세워 구원을 말하게 된 것이고
그 구원의 길이 바로 '利他(利己 버림)'에 있음을 설명하게 된 것이다.

연금술의 목적은 시간의 흐름 속에서 변질되고 마는 물질을
영원히 변질되지 않는 빛깔의 황금물질로 빚는 일이다.

이것은 종교적 목적의 '구원'과 같은 것이다.

죄(이기의 불순물)로 인해 생로병사하게 된 허무한 인생을
불로장생하는 충만한 인생으로 되돌리는 일이
연금술의 궁극목적이고, 종교의 궁극목적이 되는 것이다.

구원은 육체와 영혼의 조화를 이뤄
심신일체의 건강에 이르도록 하는 일이다.

이것은 종교가 갖던 구원관과 전혀 다르다고 생각될지도 모른다.
하지만 기존에 가져왔던 구원관에 대한 막연한 추상(성)을 버리고
구체적인 인간 현실에 눈을 돌리게 된다면 답은 자명한 것이다.
"때가 이르면 다시 비사(比辭)로 너희에게 이르지 않고
아버지에 대한 것을 밝히 이르리라."(요한 16:25)

새천년의 메시아는 더 이상 보이지 않는 구원, 죽은 구원을 말하지 않는다.
누구나 밝히 보고 알 수 있는 구원, 살아있는 현실의 구원을 말할 것이다.
막연함 속에서 모든 걸 아는 듯이 살아가는 사람들을 향해
일찍이 한 선각자는 외쳤다!
"(모르고 있는) 너 자신을 알라!"

다시 생각해보자. 구원이란 무엇인가?

구원이란 웰빙이다!

3

태초, 이기(利己)에 의해 막히게 된 생명나무(불로장생)의 길은
다시 이타(利他)에 의해 그 길(생명나무) 가까이에 나아갈 수 있다.
인류의 구원자는 철저한 이타(善)로 생명나무를 이뤄오는 사람이다.
철저한 이타로 罪(불순물, 利己)를 떨치고 연금을 이뤄오는 사람이다.

그는 전 생애에 걸쳐 추호의 이기(小我)도 지향하지 않으며,
마지막으로 이기의 발원인 색(色)과 정욕(情慾)을 떨침으로써,
그룹들과 화염검으로 에워있던 생명나무의 길을 뚫고 오는 것이다.

4

구원은 놋쇠가 황금으로 연금되는 과정과 같다.
수많은 연단과정으로 순수를 이루고 황금이 되는 것이다.
구원은 이타를 버리고 순수를 이루는 과정에서 온다.
순수를 이루는 과정은 고통의 연단 과정이다.

그리고 그 순수를 이룬 마지막 과정에서 '현자의 돌'이 매개돼야 하는데,
'현자의 돌'이 연단된 순수를 영원한 생명물질로 변화시키기 때문이다.
하지만 지금까지 현자의 돌이 어디서 어떻게 얻을 수 있는지 알지 못함으
로 연금술은 그 뜻을 이루지 못하고 숙제로써 오늘에 이른 것이다.

'현자의 돌'은 땅속에서 빗어지는 '어두운 흙덩이'이다.
즉, '현자의 돌 메시아'는 하늘에서 오는 게 아니라,
땅에서 만들어지는 '버림받은 돌'과 '반석'인 것이다.

현실의 사람들이 그 현자의 돌을 받아들이지 못하는 이유는
그가 '건축자의 버려진 돌'로, 거지와 같은 모습으로 오기 때문이다.
그것은 사회적 체면과 명예를 버리는 일임은 물론이거니와
현실의 이익과 경제적 부(富)를 모두 내던져야 하는 일이다.
그것이 과연 죽기보다 쉬운 일이겠는가?

물질의 극을 이루고, 만사를 물질적 조건(富)에 의해 평가하게 된 현대인
들은 스스로 거대한 기름덩이 혹의 낙타가 되어 바늘귀 앞에 선 격이 되
는 것이다. 그래서 그는 "나를 인하여 실족치 않는 자는 복이 있다"고 한
것이다(마 11:6)

구원은 그 바늘구멍과 같이 작은 '좁은 문'을 통과함으로써 이루어진다.
그 문을 통과하기 위해, 자신의 기름덩이 혹(현실적 가치)을 가차 없이 잘라
버려야 한다.
그리고 자신을 낮춰 스스로 '죽고자 하는' 입장으로 나아가야 한다.

구원은 현실에 놓인 자신의 강(이기의 요단강)을 건넘으로 이루어지는 것이다. ●

심판

1

지금은 노아 때와 같다.
결실은 어느 때이고, 심판의 때이다.

이제 신은 옛날(노아 때)과 같은 방법으로 인류를 심판하지 않으신다.
참다운 부모로서의 신은, 그 자녀가 어렸을 적엔 매(홍수)로서 다스려보시
기도 하지만, 자녀가 성장한 후엔 그러한 방법이 결코 진정한 변화를 이
끌 수 없다는 걸 아시므로, 노아 이후로는 그와 같은 방법의 심판은 절대
다시 하지 않으시기로 하셨던 것이다.(창 9:11)

하지만 그와 똑같은 방법의 다른 심판이 있다.

상대에게 벌을 주는 타율적인 심판도 있지만,
상대에게 복을 주지 않는 자율적인 심판도 있다.

전자가 어릴 때(구약시대)에 신이 택한 심판 방법이었다면
후자는 성인된 오늘의 인류를 놓고 택한 신의 심판방법이다.

전자는 아직 신의 사랑이 연장된 감정의 심판이지만,
후자는 신의 냉정함만이 결정된 단호한 심판이다.

그러므로 후자는 더 가혹하고 무서운 심판이다.

신은 오늘날 인류에게 에덴동산과 같은 풍족한 환경을 허락해주셨으며
마지막 '생명나무(불로장생)의 선물'을 '아리랑 언덕' 아래 숨겨놓으셨다.
이 선물은 "좁은 길을 향하라", "깨어 있어라"의
명(命)을 실천한 이들을 위하여 감춰놓으신 것이다.
이것은 신앙자이건 비신앙자이건 아무 상관이 없다.
진리(진실)의 길은 어떤 길이든 누구에게나 같은 것이다.

인류가 새천년의 봄을 맞으며 풍요와 함께 천년의 생을 앞두고 있는데,
이기적인 인간들의 눈을 가림으로써, 천년의 생을 백년으로 한정하는 것
이 심판인가? 심판 아닌가!

2

"하나님이 세상을 이처럼 사랑하사 독생자(구세주)를 주셨으니
이는 저를 믿는 자마다 멸망치 않고 영생을 얻게 하려 하심이라.
하나님이 그 아들을 세상에 보내시는 것은
세상을 심판하려 하심이 아니요,
세상이 구원을 받게 하려 하심이라."(요한 3:17)

오시는 메시아는 세상에 대해,

'심판'이 아닌, '구원'의 사역을 행하신다.

그러므로 이제 전개될 새천년의 심판은

신으로부터 내리는 것으로의 '멸망 심판'이 아니라

스스로 구원받지 못하는 것으로의 '자격 심판'이 되는 것이다.

신부될 자격이 있느냐?

물질의 캄캄한 밤에 정신의 신랑이 왔다!

깨어 있느냐? 정신의 등불을 켜고 있느냐?

전개될 천년의 생 앞에서, 백년도 못되는 인생은 심판이다. ●

3

'The Saddest Thing'을 불렀던 가수 멜라니 사프카(Melanie Safka)가 "지
금까지 살다보니 인생에서 가장 슬픈 일이 무엇이더냐?"는 질문에, "생
이 영원하지 않고 어쩔 수 없이 변해가는 것이 가장 슬프다" 했다. 인생
의 어렸을 적엔 몇 백 년이 지나야 50(세)이 되는지 알았는데, 50이 되고
보니, 생이 너무나도 짧다는 생각과 함께, 얼마 남지 않았구나 하는 생각

에 불안감을 떨칠 수 없다는 것이다.

그렇다!

오늘의 인생은 외면으로는 위대해졌지만
그 질적으로는 다른 동물보다 나은 점이 없다.
그야말로 위대한 만큼의 허무한 인간(인생)의 초상이 아니던가?
이 허무하고 초라한 인생을 위하여 신은 그의 선물을 준비해놓지 않았
을까?

황야의 깊숙한 고에 놓여진 황금처럼,
생의 광야(선의 길)를 묵묵히 걷는 이들을 위하여
그 깊숙한 곳에 연금의 선물을 놓아두지 않았을까?

21C 심판은, 영생의 땅 가나안을 멀리 비스가산 상봉에서,
단지 바라(만)보는 것으로 마감하는, 이 세대의 발걸음이다.

재림 再臨

1

"구름을 타고 오시리라."(계시록 1:7)

'구름' 의 의미를 '중생한 성도(기독인)' 로 해석한 이가 있다.
구름이, 더러운 지상의 물이 증발(정화)되어 올라간 것으로서
재림은, 마음이 하늘에 있는 독실한 기독 성도를 배경으로 해서
이루어진다는 것이다.
이 해석은 중요한 핵심을 빗겨난 해석이다.
자신이 메시아임을 착각해서 한 해석이다.

'구름' 이 물이 증발되어 이루어지는 것이긴 한데,
그때의 그 물은 어떤 물이든 상관이 없는 물이다.
태평양의 물이든, 남극의 물이든, 백두산 천지의 물이든 아니면 시궁창의
물이든, 가슴속에 하늘을 향한 뜨거움이 있으면 누구(어떤 물)나 '구름' 을
이룰 수 있는 것이다.

'구름' 을 '중생한 기독인' 이라고 해석하는 것은
'구름' 곧 '태평양 물의 증발(수)분' 으로 해석한 것이다.
구름이 태평양 물에서 가장 많은 구성분을 얻을 확률은 있겠지만,
구름이 곧 태평양 수분은 아니다.
신(하늘)이 모든 이의 신(하늘)이듯

구름은 모든 물의 증발(수)분이다.
구름은 모든 물의 통일분(統一分)이다.

재림은 기독 성도(만)를 통하여 이루어지는 것이 아니라,
마음이 하늘을 향한 모든 이의 가슴을 통하여서 이루어진다.

2

"당국자(當局者)들은 이 사람을 참으로 그리스도인줄 알았는가?
그러나 우리는 이 사람이 어디서 왔는지 아노라.
그리스도께서 오실 때에는 어디서 오는지 아는 자가 없으리라." (요 7:26, 27)

이 구절은 예수의 초림(初臨) 때에 가졌던 이스라엘 사람들의 반응으로,
현실에서 갖는 일반적인 사람들의 생각과 이상이 잘 드러난 문장이다.
사람들은 대개 천국을 '다른 먼 나라' 라고 생각하고 있으며,
재림 또한 '어떤 신비스런 모습의 현현' 으로 생각하곤 한다.
그래서 현실적인 것에 대해서는 무시하거나 소홀히 하여
가까이 있음의 소중함은 쉽게 잊어버리게 되는 것이다.

"선지자가 고향에서 환영을 받는 자가 없다." (누가 4:24)

사람들은 지나간 선지자에 대해서는 입이 달토록 찬양을 하지만,
막상 다시 그와 같은 인물 즉, 이순신이나 예수 같은 이가 오면
또 그들을 받아들이지 못하고 누명과 멍에를 씌워 코너로 몰고 간다.
옛날 예수나 소크라테스, 의인과 선지자들을 고통으로 몬 사람들이
오늘 그를 찬양하고 숭배하는 사람(그대)들과 다른 사람들일까?
인격적이나 신앙적으로 오늘의 사람들과 다른 사람들일까?
NO! 천만에!! 아니올시다!!! 이다.
과거의 그들이 지금의 그대들과 다르지 않으며,
인격적이나 신앙적으로 (지금의 그대들보다) 결코 못하지 않다.
오히려 그들이 더 인격적이고 더 신앙적이었다.

그럼 왜 그들은 예수나 이순신, 소크라테스 등의 의인들을 죽였을까?

오늘 역사를 더듬는 이유는 과거의 과오를 반복하지 않기 위해서다.
라틴(어)에서는 '진실' 의 반대(어)가 '망각' 이라 하지 않는가.
과거를 잊지 않음으로서 진리에 이르자는 것이다.
과거를 반성함으로써 '헤맴' 의 역사를 종결짓자는 것이다.
사람들이 현실 속의 의인을 죽음으로 몰고 가는 이유가 있다.
'몰라보는 것' 이 한 이유이다.
하지만 더 근본적인 이유를 찾아야 한다.
도대체, 왜, 무엇 때문에, 매번, 똑 같이 그들을 몰라보고 죽이게 되는가!

그것은 악마 때문이다.

현실의 그대가 악마이기 때문이다.

그대 안에 이기(利己)가 (남아) 있기 때문이다.

사람들이 선지자를 죽음으로 모는 진짜 이유는 바로 '자신의 이기(利己)' 때문이다.

선지자의 행사는 현실 속에서 필연적으로 타인의 권익과 맞물리는 사안을 갖게 되는데, 이때 기득권자들은 자신들의 이권을 지키기 위하여 그(선지자)의 행사에 제동을 걸게 되고, 다시 자신들이 가진 실력을 행사하여 여론을 이끌어, 그들을 궁지로 몰고 가는 것이다.

그 기득 세력들은 지나간 선지자에 대한 찬양에는 언제나 목소리 높여 앞장선다. 그래야만 사람들로부터 자신들의 권위가 더 서며, 자신들의 이념 또한 보장받기 때문이다. 하지만 막상 현실에서의 그들이 나타나면 그들의 태도는 곧바로 달라진다.

자신의 이익이 침해되는 것을 간과하지 못하고 그들을 공격하기 시작하는 것이다.

이순신을 죽이고, 예수를 죽인 사람들은 다른 사람들이 아니다.

지금 소리 높여 그들을 찬양하고 숭배하는 그대 자신들이다.

마음속에 이기(利己)를 가득 채우고 있는 바로 그대 자신들이다.

지금의 찬양과 숭배는 단지 그 주체(자)가 과거의 사람이므로
현실의 자신과는 이익 문제에 있어 아무런 엇갈림이 없기 때문이다.
만약 그 찬양과 숭배의 주체자가 현존의 인물이 되어
자신들과 이익 문제를 맞닥뜨리는 경쟁자로 서게 된다면
그대는 돌변하여 그를 다시 공격하기 시작할 것이다.

보라, 오늘 그대에게 자동차 접촉사고가 생겼다.
그대는 자신의 이익을 더 챙기기 위해 과장된 주장을 했다.
그 상대가 다름 아닌 '천사'였음을 그대가 알 턱이 있는가?
이와 같이 선(善)이란 순간(현실)의 현실 속에서 성사되는 것이다.
이 사회는 이렇게 이익에 걸린 한 자신을 양보하지 않은 채
악마(이기)에 의해 주도되어 돌아가는 '사탄의 세상'인 것이다.

그래서 신은,
자신의 현실(이익)을 넘어서는 자만이 그 나라에 갈 수 있게 하신 것이다.

3

재림(再臨)은 초림(初臨) 때와 같이 이루어진다.
같은 꼴의 같은 사회, 시대적 상황에서
같은 모습을 하고 '님'이 오시는 것이다.

인생은 유전(流轉)되는 것이고,

역사는 재연(再演)되는 것이다.

신비주의자들에게는 미안한 말이지만,

주님은 나귀(조랑馬)를 타고 오신다.

다름 아닌 그의 전생이 바로 그랬기 때문이다.

단, 현대는 말(馬)이 교통수단으로 쓰이지 않으므로,

대신 작고 아담한 자동차가 선택되어 쓰일 것이다.

그는 절대 크고 비싼류(類)의 승용차는 쓰지 않을 것이다.

옛 조랑말이 승용 전용이 아닌 운반 겸용의 작은 말이었듯이,

그는 똑같이 재연된, 작은 트럭을 타고 오실 것이다.

"그는 겸손하여 나귀, 곧 멍에 메는 짐승의 새끼를 탔도다." (마 21:5)

4

재림은 곧 환생이다.

또 윤회이고 반복이다.

이루지 못한 것을 이루기 위해 오는 것이다.

그는 하늘이 이루려했던 이타의 사랑세계를 이루기 위해 다시 온다.

그는 물질만능 사회의 깜깜한 어둠 속에서
정신의 빛을 밝혀 오는 사람이다.
빛만이 그 빛을 볼 수 있다.
그래서 정신의 불을 켜고 깨어 맞으라 한 것이다.

그는 홀로 위대한 존재가 아니다.
'홀로 위대'는 아무런 힘이 될 수 없다.
에베레스트(산)의 높이는 그 (산)맥에서 나온 것이다.
그는 같은 꼴, 같은 정신(감성)의 사람 능선을 타고 온다.
그는 순수하고 착한 영혼들을 배경으로 온다.
그는 정신의 불을 켠 사람들을 통해서 온다.
그는 가난하고 힘없는 사람들을 통해서 온다.
그 또한 그와 같은 코드의 존재이기 때문이다.

그가 대단한 존재의 모습으로 올 것 같은가?
실족(失足)치 않으려면 환상을 버려라!

"실족치 않는 자, 복이 있도다."(마 11:6)

5

재림이, 구름타고 이루어지건 조랑말 타고 이루어지건 어떤가?
그의 중요성은 보이는 외관에 있는 게 아니라 보이지 않는 내면에 있다.
약자를 생각하던 그의 내면을 닮고자 하는 것이 신앙이다.
약자의 입장에서 약자를 생각하다, 약자로서 골고다의 길을 간 그.
과거를 교훈으로 약자의 입장을 이해하고자 노력하는 자신이 된다면,
다시 약자로 오는 그가 억울한 누명으로 돌아가는 역사는 면할 수 있을
것이다.

소자에게 행하는 것이 곧 그에게 하는 것이다.
선이란 멀리 있지 않고, 바로 지금(순간)에 있다.
"천주의 주재(主宰)이신 아버지여, 이것을
지혜롭고 슬기 있는 자들에게는 숨기시고
어린아이들에게는 나타내심을 감사하나이다.
옳소이다. 이렇게 된 것이 아버지의 뜻이니이다."(누가 10:21)

6

"보라, 저기 있다. 보라, 여기 있다 하리라.
그러나 너희는 가지도 말고 쫓지도 말라."(누가 17:23)

신출귀몰한 재주나 뛰어난 능력에 마음을 혹(惑)하지 말라.
그리고 보편적이고 일반적(자연적)인 진리 가운데 서 있으라.
전해져온 경전과 설화 이야기는 다 이와 같은 보편적 진리들이다.

재림주는 뛰어난 능력을 필수 요소로서 가지고 오는 이가 아니다.
내면의 '순수'와 '착함'을 필수 요소로서 지니고 오는 사람이다.
더하여, '고통'을 필수 요소로 지고 오는 이다.
사탄이 임금 된(이기에 의해 돌아가는) 세상에서
순수와 선의 길은 고통이 필수가 된다.

7

오늘의 사람들은 예수가 지금시대에 다시 오면,
그가 정신병자로 몰릴 거라는 사실을 모르는가?

정신병자, 또라이, 미치광이, 귀신들린 자, 귀신의 왕….
이것이 옛 시대, 같은 사람들이 그에게 준 별칭들이다.

무지개를 쫓는 사람들아,
오버하지 마라.
의식을 산 너머에 두지 마라.

현실(현실적 상황)을 직시하라.

오늘 그가, 그와 똑같은 정신과 다른 모습(동양인)으로 온다면
또 그가 평범한 사람이란 것만으로, 그를 몰고 갈 것 아닌가!

살아있는 자는 헐뜯고
죽은 자는 숭배하는 자들아,
현실을 직시하라.
그를 찬양하지 말 것이다(그는 찬양 따윈 즐겨하지 않는다(마 12:7)).
대신 그를 깊이 이해할 것이다.
그의 감성,
그의 의식,
그의 사고구조,
그의 사정
그의 아픔을 깊이 이해할 것이다.
그리고 곁에 있는 사람을 볼 것이다.
그러면 그 곁으로 말없이 지나가는
'슬픈 사람의 옆모습' 이이 보일 것이다.
지금 그 '소자' 에게 선을 행하는 것이
바로 그에게 행하는 것이다. (마 25:40) ●

영혼과 사후세계

1

영혼이 어디 있는가.

영혼은 바로, 지금 살아 숨 쉬고 움직이며, 느끼는 자신 안에 있다.
자신이야말로 이미 수많은 영혼들이 결합되고 재생된, 산 영혼이다.
자신의 마음은 과거의 모든 영혼이 넘나드는 집이다.
어떤 마음을 갖고, 어떤 상태를 이루느냐에 따라
각기 다른 지나간 영혼들이 손(客)으로 찾아와 머물게 되는 것이다.

말세는 과거의 때에 살았던 모든 영혼들이 결실로써 나타나는 때이다.
노아 때에 살았던 영혼, 소돔에 살았던 영혼, 예수 때에 살았던 영혼
그 모든 영혼들이 재림, 부활하여 그 때와 방식으로 물질의 극을 이루고
현실과 몸(色)의 가치를 따라 어둠의 사망 길로 몰려가게 되는 것이다.

오직 노아와 예수만이 현실에 버림받은 채 대세를 거슬러
언덕 위 높은 곳(정신, 하늘)에 자신의 집을 짓는 것이다.

자신이, 과거의 영혼들이 갔던 영혼의 굴레를 넘어서 자유하는 인간이 되
려면 과거의 영혼들이 가졌던 습성과 그 한계를 알고, 현실의 경계를 넘
어야 한다. 정신의 가치를 부여잡고 현실이 주장하는 물질과 색의 중력을
넘어가야 한다.

영혼이 죽어가는 사후세계는 이 땅이다.
영혼이 있어 그가 어딘가에 머문다고 한다면 그 곳은 바로
그가 자유로이 느끼고 활동하던 이 지구일수밖에 없다.
인간 영혼이 수많은 생명 진화의 결정체이듯,
지구성(星) 또한 수많은 행성 진화의 결정체인 것이다.

지구는 인간 영혼과 일치하는 동일코드의 세계이다.

2

그러므로 인간이 지구를 아름답게 가꾸는 일은
자신 영혼의 집을 아름답게 하는 일이다.

인간이 현실 속에서 전쟁을 하고 피 튀기는 싸움을 하는 일은,
아무런 이유가 없는 일이 아니다.
가시고기가 자신의 후손을 위하여 자기 생명을 버리듯,
미래에 다시 살 자신 영혼의 집을 위해서 지금을 노력하는 것이다.
하지만 현실의 인간들이 이기의 노력으로 마련하는 그 살림들은
영원의 집에 들여갈 수 있는 영원의 살림들이 아니다.
잠시 거쳐 갈 집의, 임차된 집의 살림들이다.
다음 거처에서는 필요하지 않는 군더더기의 짐들인 것이다.

이기를 버리고 이타를 이뤄라.

이타로 이뤄진 집이 인간 영혼이 영원히 안주할, 영원의 거처이다.

육(肉)의 양식과 살림을 위하여만 힘쓰지 말고,
영(靈)의 양식과 살림을 위하여 힘쓰고 노력하라.

그것이 그 나라에서 사용할 영원의 재산들이다. ●

영생 永生

1

성서에 한 세대는 가고 한 세대는 오되, 땅은 영원하도다했지만,
물질세계에 끝이 없는 영원한 것은 없다. 땅도 영원한 것이 아니다.
단지 오고가는 세대에서 볼 때 영원한 것 뿐이다.
논리(철학)와 과학을 말하자는 자리에서 '영생'은 어울리지 않는다.
돌(비판)을 받을 확률은 많고, 피할(증거할) 방법은 없다.
그러므로 여기서 언급하는 영생은 끝없는 삶으로서의 영생이 아니다.
글자 그대로, 길고 먼(永) 생(生), 불로장생으로서의 영생이다.
대략, 우리 선조들이 읊조렸던 '한 오백년의 삶'에 대한 것이고,
성서에 기록되어 있는 타락 이전의 생 '천년의 삶'에 대한 것이다.

연금술은 인간을 변질시키는 이기의 색(色)과 물질을 제거하여
순수를 이루고, 영원한 色과 생명을 이루는 것이다.
보석처럼 빛나, 영원의 色을 이루는 영혼은
변치 않는 생명을 이뤄 영생(불로장생)이 되는 것이다.

앞서 구원을 건강이라고 했지만, 웰빙이 바로 구원의 본체이다.
21세기에 와서, '웰빙'과 '몸짱' 등 건강에 대한 관심이 높아진 것은
생명 스스로가 새 시대에 필요한 것이 무엇인지를 찾게 된 현상이다.

21세기의 신인류에게 가장 필요한 것이 무엇이겠는가?

바로 심신일체의 조화되고 건강한 인간이 아니겠는가?
그럼 신은 이 때를 알아 그 준비를 하지 않았을까?

불로장생을 꿈꿨던 옛 진시황제의 꿈은
한낮에 꾸는 꿈처럼 허무하고 헛된 꿈이었는지 모르지만,
기실 그것은 모든 인류가 바라는 궁극소망이었던 것이다.
그 진시황제의 꿈이 헛된 것이 된 것은
그 꿈이 사욕에 의한 것이었기 때문이다.

"너희는 먼저 그 나라와 그 의를 구하라.
그러면 그 모든 것을 너희에게 더하시리라."(마태 6:33)

자기(쾌락, 부귀영화)를 먼저 구하는 그에게
그와 같은 '신의 선물'은 가능하지 않은 일이다.
'신의 선물'은 바로 이타(고통)의 나무 끝에 달린 열매이기 때문이다.
우주적 선물은 사욕(私慾)으로 얻을 수 있는 것이 아니라,
그 반대, 절대 공심(公心)의 무욕(無慾)으로 얻는 것이다.
옛 선조들이 고난과 죽음의 시련을 마다하지 않고,
충(忠), 의(義), 절(節), 효(孝)의 길을 가려고 애썼던 것은
그 가치가 어느 결실의 때가 오면
'신의 선물'을 가져다줄 재료임을 알았기 때문이다.

인간이 자신이 해야 하는 본연의 일을 사심 없이 정성으로 행하면,
자연(신)은 그에게 있어 꼭 필요한 선물을 꼭 필요한 때에 내려준다.

영생은 새천년의 인간에게 신이 준비한 '그의 선물' 이다.

2

영생은 고통의 가지 끝에 매달아둔 신의 선물이다.
신은 자신의 열매를 모두 이와 같은 방식으로 준비해 놓으셨다
사탄(이기)권에서의 선(순수)과 양심은 곧 고통의 길로 통한다.
貞(정도령)으로 오는 이는 그 길을 본보기 노정으로 가는 것이고,
그 과정에서 봉인되어졌던 생명나무(영생)의 문을 여는 것이다.

"그가 먼저 많은 고난을 받으며 이 세대에 버림받은 바 되어야 할지니라."
다시 오는 메시아는 다시 '건축자의 버림받은 돌' 로서 오는 이이다.

그가 이 세상에서 버림받고,
'그룹들과 두루 도는 화염검' 을 걷어 젖히고,
생명나무에로 나아가는 과정은
청교도들이 버림받음 끝에서 신세계에 이르고,
콜럼버스가 험난한 항해 끝에 신대륙을 접하는 과정과 같다.

죽음과 같은 고통의 항해를 통과해서 이르는 것이다.

이와 같이 신의 모든 선물은 험난한 고통의 과정 속에서 주워진다.
하지만 고통의 과정이 있다고, 모두 신의 선물에 이르는 것은 아니다.
고통의 과정을 지나되, 순수(선)한 감사의 마음으로 통과해야 하는 것이다.
불만(不滿) 가득한 오기(傲氣)로서는 절대 그 나라에 이를 수 없는 것이다.

순수와 선, 감사의 마음 등은
길고 어두운 고통의 터널을 지날 때,
신의 음성을 듣게 해주는 것이다.

"내가 너와 함께 하고 있다. 두려워하지 말고 담대히 가라."

그 응원으로, 자신에게 놓인 고난의 초달을 견디게 되는 것이다.

3

영생(永生), 이것은 사실 알 수 없다.
검토할 방법도, 증명할 방법도 없다.
하루살이가 어떻게 황새의 생을 검토할 수 있으며,
(나무)가지가 어떻게 그 잎 새에게 자신의 생을 보여줄 수 있단 말인가.

그저 아는 것을 진실하게 말할 뿐, 나머지는 믿음의 영역이다.

'진실'은 '사실'에 우선한 것이다.
진실에 대해 응(應)하고자 하는 마음이 있다면
그 마음에서도 이러한 음성이 울려나올 것이다.

"가고 있는 이 길이 가나안이 아닐지라도…(난 행복하다)."

그렇다.
이 길이 가나안이 아닐지라도 족한 일이다.
에덴이 아니라면 어떤가?
영생이 아니라면 어떤가?
이 길, 애초 무엇을 바란 길인가?
이기를 모두 버리고 가는 길이다!
이타의 기쁨으로도 족한 길이다!

그래도…,
사실에 대한 근거가 전혀 없는 것은 아니다.
'중간(과정)'은 모든 사실의 과학적 근거로 선다.
그 마음에 다그치지 않는 여유를 가진다면 '중간' 곧,
보석처럼 빛나는 젊음과 건강을 확인할 수 있을 것이다. ●

생명나무

인간의 소망은 생명나무이다. (창 3:22, 잠 12:12)
생명나무의 실과는 영생이다.

인간이 생명나무에 이르는 과정은
금속이 황금이 되는 과정과 같으며,
이어, 철인(메시아)이 탄생되는 과정과 다르지 않다.

인간의 생명나무의 소망은 자신이 직접 이룰 수 있지 않고,
매개자(메시아)를 통해야(접붙임을 얻어야) 이를 수 있다. (롬 11:17)
건축자로부터 버려지고, 시대의 버림받은 바 된(눅 17:25)
'현자의 돌'과 하나 되어야 한다.

그를 위해 먼저 자신의 불을 켜고 깨어 있어야 하는 것이다.
그가 가난하고 볼품없는 소자(小子)의 모습으로 오는 자이기 때문에,
이웃의 소자에게 선행을 하는 것이 바로 그에게 하는 선행이 되어
그를 만나는, 그에게 가는 통로가 되는 것이다.

시대의 버림받은 자로 오는 그에게 가는 길은 좁은 문(바늘 귀)으로 통하는
길이다. 거대한 기름덩어리(현실의 혹)를 등에 단 낙타(현대인)는 그 문을 통
과할 수 없다.
거대한 기름덩어리 몸체를 모두 던져버리고, 나아가는 로켓처럼

현실적이기를 모두 버리고 무중력(자유)의 세계로 나아가야 한다.

생명나무는 그룹들과 두루 도는 화염검으로 에워있는,
현실 너머에 있는 에덴의 영생나무이다. ●

성 sex

1

연금술의 완성은 곧 色(색깔)의 완성이기도 하다.

변질되는 色에서 변질되지 않는 色을 이루는 것이다.

色은 물질이면서 성질(性質)이고,

정신이면서 정신을 낳는 마음(性)이다.

육(물질)을 중심으로 하고 色을 이루면 어둠(검정)이 되고,

정신을 중심으로 하고 色을 이루면 빛(흰색)이 된다.

2

연금술의 완성을 이룰 현자의 돌, 메시아는

色(性)의 완성을 이루는 자이고,

그에 앞서 色을 핸디캡으로 지니게 된 사람이다.

성(性)은 인류가 유사 이래 안고 온 짐으로,

그것이 현자의 돌, 메시아에게 더욱 고통스런 짐이 되는 것은

그가 전 인류의 짐을 대표해서 지고 가는 사람이기 때문이고,

또 그가 순수한 영혼이기 때문이다.

色은 순수한 영혼에 반작용으로 나타나는 육체의 에너지다.

色에 대한 욕구가 강할수록 그 영혼 내부는 순수의 욕구를 강하게 지니

는 것이다. 이것은 고통스런 모순이다.

하지만 또 그럼으로써 (생명의) 길이다.

性은 하늘(신)이 인간에게 가하는 연금의 과정이다.

육체를 통하여 정신을 탄생시키기 위한 신의 화로(火爐)인 것이다.

현자의 돌, 메시아는 性에 대한 치열한 달굼(고통)의 과정을 통하여

육(肉)을 넘어 정신으로의 연금 즉, 공색(空色)을 이루게 된 사람이다.

色으로 연금에 이르는 과정은

로켓이 자신의 몸을 불태워 지구 자장 높이에 이르는 과정과 같다.

자신에게 있는 성 에너지를 생명화(化)하여 정신 높이에 나아가는 것이다.

마지막엔, 남아있는 몸체마저 다 버리고 자유의 존재가 되는 것이다.

마지막 지구 자장의 '경계'를 넘는 일은 생명의 경계를 넘는 일과 같다.

육신이 지닌 모든 것을 버리고 치솟아 오름으로 이루어지는 것이다.

자신이 가진 육체적인 욕구를 남김없이 버림으로써

크로스 오버(cross over)의 세계로 나아가는 것이다.

이렇게 해서 현자의 돌, 메시아는 변하지 않는 색(空色)을 이루게 된 사
람이다. 육체가 가진 에너지(어두운 흙덩이)를 생명화하게 된 사람이다.

자신 안에서 검게 뿜어져 나오는 肉의 화염을 영(靈)으로 정화시킨 사
람이다.

물질의 연금을 이루는 황금의 순수는 이물질(불순물)이 없는 것이 아니라,
그 이물질(불순물)을 정화시켜 생명화함으로 이뤄지는 것이다.
그렇게 생명화(연금)된 순수는 더러움 속(진흙)에서 피어난 연꽃처럼
어떠한 불순물에도 속화되거나 더럽혀지지 않는 절대 순수가 되는 것이다.

현자의 돌, 메시아는 性에 관해서 새로운 질서를 가지고 오게 된다.
그럼으로 性으로 인해 고통받는 인류사회에 구원을 주는 것이다.
인류사회의 모든 고통과 죄는 성적(性的)인 문제로부터 기인돼 있다.

지금까지 인류에게 있어 사랑과 性으로 통하는 선악나무의 길은
에덴의 또 다른 나무인 생명나무의 길과 마찬가지로 막혀있었다.
선악나무의 열매(善惡果)는 이기를 못 버린 인간에게 허락될 수 없는
'금단의 과실' 이었던 것이다.

인류가 性을 금기하게 된 근본이유는 무엇일까?
인류의 性에 대한 금기는 남성(男性社會)에 의해 주도된 것이다.
性 에너지가 그의 내부에서 화염(火焰檢)으로 변했기 때문이다.
성의 에너지가 그의 내부를 검게 그을리게 하고 뜨겁게 타올라
그를 혼탁하게 하고, 고갈되게 하는 요인이 되었던 것이다.
그럼으로 인류는, 性을 한편으로는 추구하면서도 한편으로는 금기하여
온 것이다.

3

色은 이기의 뱀이 자신의 몸을 똬리 틀고 숨어있는
요단강 강둑 아래 있는 악마의 마지막 요새(要塞)이다.

꾸준히 정신(이타)을 추구하여
자신을 광야(몸의 이기적 욕구)에서 이끌고,
마지막 뱀이 숨어있는 요새를 정복하고,
요단강을 건너가야 한다.

그 둑을 넘으면,
그 나라가 그의 것이다.

4

性은 성(城)이다.
성벽(城壁)이 있게 한 원흉이다.

모든 성벽은 싸움의 부산물이고,
모든 싸움은 이기의 부산품이다.

모든 이기는 性에 그 뿌리를 쳐박고 있다.

인류사회가 이기를 다 버리면
성벽(城壁)은 무너질 것이며,
성벽(性癖)도 없어질 것이다.

5

이타적 질서 안에서의 부(富)의 추구(追求)와 축적(蓄積)은 곧 선(善)인 것처럼,
사(私)를 버리고 이타적 질서를 이룬 공적사회(公的社會·理想社會)에서의
性的 욕망과 그 추구는 추(醜)와 악(惡)이 아니라, 美와 善이다.
아름다운 자와 건강한 자가 가질 수 있는 특권 중 하나인 것이다.

性은 원래 성숙된 인류가 취해야 할, 신이 준 축복의 과실(선악과)이지만,
인간이 육신(利己, 小我)을 넘어 정신(利他, 大我)을 취하지 못함으로써
神은 자신의 파수꾼(종교와 도덕)을 두어 그 길을 지키게 하였던 것이고,
이기의 독(毒)이 남아있는 미성숙의 인류에게 '금단(禁斷)의 열매' 가 되도
록 하셨던 것이다.

그러므로 다시 새 날에 인류가 그 금단의 열매를 허락받으려면
이기(肉)를 죽이고 거듭나(重生), 이타의 정신으로 태어나야 한다.
남성은 성적 욕구, 여성은 물질적 욕구를 (완전히) 버려야 한다.
남성과 여성에게 놓인 이 두 욕구가 바로 모든 이기의 발원지로서,

태초 에덴동산에 놓여 생명의 길을 막았던 '그룹들과 두루 도는 화염검'
이다.

이 두 욕구를 넘어서지 않고 '에덴' 에 이를 수 있는 방법은 없다.
이 두 욕구를 버리는 과정이 자기를 버리는 '죽고자 하는' 과정이고,
자기를 죽이는 그 과정이 생명나무와 선악나무에로 나아가는 길이다.

이 과정은 연금술사가 현자의 돌로 금속을 연금하는 방법으로,
환인이 곰을 쑥과 마늘로서 동굴에서 지내도록 하는 과정이고
야훼가 히브리 노예들을 만나와 메추리로 광야에서 지내도록 하는 과
정이다. 그 과정을 기쁨과 감사함으로 인내해야 약속된 그 나라에 이르
게 되는 것이다.

태초에 인간이 벌거벗었으나, 부끄러워 아니하였던 것처럼(창세기 2:25)
역사 마지막 날에는 다시 처음 모습으로의 회귀를 꿈꿔,
인류가 성에 대한 자유를 열망하게 되는 것이다.

인류가 처음 죄(原罪)의 결과로 하체를 부끄러워하게 되었고,
그것이 이기(利己)로 확대돼 인류간의 벽을 만들게 되었으며,
생명나무로 나아가는 길이 막혀버리게 되었던 것처럼, (창세기 3:24)
다시 죄(이기)의 빗장을 풀어버리게 되는 날이 오면

하체는 더 이상 추한 것이 되지 않고
이타(利他)로 서로간의 장벽을 허물게 될 것이며,
영원한 생명나무와 선악나무의 길을 가게 될 것이다.

6

지금은 돈으로 성(性)을 팔고 사는 시대이다.
물론 이것은 과거에도 있었던 사회현상으로,
오늘 그것이 더 만개를 이루고 있는 것은
지금이 말세이기 때문이다.

말세란 또 한편 신세(新世)를 의미한다.
인간 본질은 성의 자유를 갈구하는 것이다.
지금의 성에 대한 방종(放縱)이 죄(罪)가 되는 이유는
그 안에 먼저 이타를 이루지 못했기 때문이다.
그 나라와 그 의를 먼저 구하지 않았기 때문이다.

이 세대는 누구도 매춘 당사자들에 대하여 돌을 던질 수 없다.
이기를 버리고 이타를 이룬 실체가 없기 때문이다.
누가 매춘 당사자들을 향하여 돌을 던질 수 있는가!
단죄할 이들이 그 당사자들보다 결코 죄가 없다 할 수 없는 것은,

이 세대는 결혼조차도 돈으로 이루고 있는 그러한 세대이기 때문이다.

돈만이 아니라고 말하지 마라!

돈이 주(主)가 되고 있는 것이 분명하고 확실하다.

돈만이 아니라고 한다면, 그들 역시 그러하다.

그들의 행위 안에 마음의 행로가 있지 않다 할 수 없다.

미안한 말이지만 오늘의 사랑 행태들이야말로 더 유죄(有罪)의 것들이다.

작은 조건이 아닌, 생의 전부를 걸고 하는 '큰손 도박놀음'이기 때문이다.

이제 빈자는 결혼을 할 수 없는 시대가 되었다.

오늘 시대에 있어, 이러한 사실은, 과거의 빈자가 굶는 것과 십시일반(十
匙一飯)의 것이다.

이런 빈자에게 작은 동량(조건)으로 서로의 위로가 되는 일은

대박의 조건으로 생을 걸어 올인하는 현금의 사랑(결혼) 행태보다 못하지

않으며, 有罪에 대한 정상참작의 여지, 더 크게 가질 수 있는 것이다.

지금은 性에 의해 온갖 범죄가 양산되고, 갈등되는 시대이다.

이 혼란스럽고 혼탁한 음란행위 유발체인 性의 문제를 해결하는 것이

이 시대의 최대 과제이고, 새날의 님이 가질 주요 과제인 것이다. ●

4부

메시아

1

메시아는 히브리어로 '기름 부음 받은 자' 의 뜻으로
왕이나 선지자, 제사장 등의 의미를 가지고 있다.
그것은 연금술사의 목적을 이룬 '황금' 과 같은 의미로
궁극적으로는 영원한 통치자로서의 왕, 구세주를 뜻한다.

메시아는 참 부모(엘리야) 뒤에, 참 자녀로 오는 이다.
그래서 앞서 온 참 부모(엘리야)의 '평탄케 한 길' 뒤에서
그의 '결실' 을 이루어오는 사람인 것이다.
그러므로 참 부모(엘리야)는 나무의 뿌리이고,
참 자녀(메시아)는 나무의 열매가 된다.

그럼 구세주 메시아는 어떤 사람일까?

모든 종교에서 각각의 이름으로 그에 대해 말하고 있고,
비종교권(설화와 민담)에서도 그에 대해 빠짐없이 말하고 있다.

그는 불교의 제단 위에 올까?
기독(基督)의 제단 위에 올까?
아니면 설화와 민담의 주인공으로 올까?
그는 결코 어느 하나에 속해서 오지 않을 것이다.

어느 하나가 아니고, 그 모두에 속한 사람이기 때문이다.

그는 흡사, 한국과 중국의 국경 가운데 솟아있는 백두산과 같다.

또 다섯 나라의 령(嶺)을 아울러 솟아있는 히말라야 산(산맥)과 같다.

이뤄낸 높은 (정신적) 지경(地境)으로, 모든 경계를 아우르며 오는 것이다.

메시아는 교파와 이념, 민족과 인종을 넘어서 온다.

크로스 오버(cross over) 된 중도의 길을 통해서 오는 것이다.

2

세상을 구원하기 위해 온다는 메시아.

세상을 구원한다는 것은 무엇이고,

세상은 왜 구원이 필요하게 된 것일까?

세상에 구원이 필요하게 된 것은 병들었기 때문이고,

그 병은 조화와 균형을 상실하게 됨으로써 온 것이다.

그러므로 구원이란 개인과 사회에 조화와 균형을 주는 일이다.

구세주 메시아는 '조화와 균형을 세워주는 사람' 이다.

더 구체적으로 말한다면

세상의 어둡고 소외된 곳을 일으켜 세워, 균형에 이르도록 하는 사람이다.

그래서 그는 먼저 어둡고 소외된 자들(세리와 창녀)의 친구로 서는 것이다.

세상에 불균형이 오게 된 것은 '이기'에 눈이 가려졌기 때문이다.

'이기'가 만연한 곳에 불균형은 필연(必然)이다.

지금 이 세상은 불균형이 확대되어가고 있다.

한쪽엔 과잉(축적)이 문제가 되어 병이 되며,

다른 한쪽엔 빈곤이 문제가 되어 병들고 죽어간다.

현대인(의) 한 개체는 인류 전체를 잘 함축하여 보여준다.

현대인의 건강은 이제 부족(영양 부족)이 문제가 아니다.

과잉에 따른 적체가 더 큰 문제가 되고 병이 되는 것이다.

이것은 세계 사회문제에 있어서도 똑같이 적용된다.

영양이 적체된 몸을 직시하여야 한다.

불균형이 쌓여 병을 만들고, 병이 깊어져 죽음에 이르게 한다.

영양이 혈류를 통하여 온 몸에 잘 전달되어야 하듯이

사랑이 체제를 통해 세계 구석구석에 잘 전달되어야 한다.

메시아는 구석지고 소외된 곳에 마음을 쓰는 사람이다.

3

메시아는 세상을 구원할 자이다.
하지만 그가 먼저 해야 할 일이 있다.
바로 자기 자신을 구하는 일이다.

자신을 구원하지 못하는 자가 어떻게 세상을 구원할 수 있을까?
그러므로 그는 먼저 자신에 대한 구원을 이루어야 하는 것이다.
그럼, 자신에 대한 구원을 이루는 것은 무엇인가?
구원은 곧 건강이고, 건강은 조화와 균형을 이루는 것이니,
메시아란 다름 아닌 자신 안의 조화와 균형을 찾아 이루는 사람이다.
그는 그것(자신 안에 조화와 균형을 이루는 것)으로,
그 결과인 건강미를 갖춰야 하는 것이다.

그가 이룬 건강은 일반 사람들이 갖는, 젊기 때문에 갖는 건강과 다르다
그것이 자신 안의 어둡고 소외된 곳을 일으켜 이룬 건강이기 때문이다.
그것은 변하는 금속을 변하지 않는 황금으로 빚은 '연금' 과 같은 것이다.
그것으로 그는 영원히 목마르지 않는 샘물을 내는 '반석' 이 되는 것이며,
동시에, 영원히 변하지 않는 빛(황금)을 내는 '현자의 돌' 이 되는 것이다.

메시아는 신부(세상사람)에게 '장미(長美)' 를 선물로 가져오는 자이다.
'長美' 는 영생(永生)의 가지 위에 피는 젊음의 꽃이다.

4

메시아는 서민으로 와서, 서민의 편에 서서, 서민대변자로의 길을 간다.
구원이 바로 사회의 약한 곳을 일으켜 세움으로 이루어지는 것이기 때문
이다. 메시아가 이와 같이 서민으로 와서, 서민의 시대를 여는 것은
흡사 자기(磁器)시대에 있어, 백자(白磁)시대를 여는 것과 같다.
하늘 양식을 담은 그릇으로 와서, 엘리야의 청자시대를 넘어가는 것이다.

그는 스스로 서민의 질그릇과 같은 존재로서,
모든 사람이 편리하게 이용할 수 있도록
평이한 재료(언어)와 도료(언어體)를 사용하여
하늘 양식(진리)을 담아 전하는 것이다.

5

다시 오는 메시아는 만왕(萬王)의 왕(王)으로 온다고 했다.
하지만 그것은 영광의 왕으로 온다는 말이 아니다.
오히려 그 반대인 고통의 왕으로 온다는 말이다.
눈물의 왕, 슬픔의 왕으로 온다는 말이다.
그것은 황금이 어떻게 탄생되는가의 원리와 같다.
황금은 바로 오랜 고통의 연단으로 나오는 것이다.
메시아는 그와 같은 고통의 대표자로서, 고통의 왕관(면류관)을 쓴 사람이다.

그는 신데렐라의 상대로 오는 사람이다.

신데렐라란 누구인가?

신데렐라란 고통 속에서 빛(善, 순수)을 잃지 않고,
그 빛을 자신 안에 아로새긴 고통의 대표적인 여성이다.
그것은 고통 속에서 자신의 순수를 이룬 결정체,
은정(銀晶)과 같은 여성이다.

메시아는 그와 똑같은 코드로,
고통 속에서 자신의 순수를 이룬 결정체인
황금(黃金)과 같은 남성으로 오는 사람이다. ●

엘리야

1

"광야의 외치는 자의 소리가 있어 가로되,
너희는 주의 길을 예비하라.
그의 첩경(捷徑)을 평탄케 하라."(마 3:3)

엘리야란 원래 '참 아버지' 란 뜻의 이름으로
시간적으로 뒤에 오는 자, 참 자녀인 메시아를 위하여
그의 갈 길을 곧고 평탄케 하는 자이다. (요 1:23)

이천년 전 메시아 예수에 앞서 엘레야 세례 요한이 온 것처럼
21세기에도 메시아가 오기에 앞서 엘리야가 왔다.
오늘날 참 부모라 이름 한 이가 바로 그이다.
그래서 그는 이천년 전 요한과 같이
세례(祝福式)를 주례하게 된 것이다.

참 부모란 무엇인가.
자녀의 길을 예비하는 자이다.
그래서 이천년 전 엘리야인 세례 요한은 메시아(예수)의 사역에 앞서,
광야의 외치는 자의 소리로 교훈을 주고 때를 알려,
주의 길을 예비하였던 것이다.

참 부모란 무엇인가.

자녀를 낳고 자녀를 위한 길을 가며,

마지막에 자신의 유산을 물려주는 자이다.

하지만 이천년 전 참 부모로 왔던 세례 요한은 그 책임을 다하지 못했다.

주를 위한 길을 다 가지 못했으며, 유산(제자) 또한 넘겨주지 못했다.

2

말로만 (증거)하는 것은 참 부모가 아니고, 참 부모가 될 수 없다.

이천년 전의 엘리야와 마찬가지로 21세기 엘리야는 그 책임을 다하지 못했다. 참 자녀를 위한 길을 다 가지 못하였고, 유산(제자)도 물려주지 못하게 된 것이다. 그래서 메시아는 엘리야를 두고 그때와 마찬가지로 이런 말을 한다.

너희가 무엇을 보려고 광야에 나갔더냐?

바람에 흔들리는 갈대를 보러 갔느냐?

(아니다!)

그러면 너희가 무었을 보려고 나갔더냐?

부드러운 옷(비단 옷) 입은 사람이냐?

보라! 화려한 옷 입고 사치하게 지내는 자는 왕궁에 있다!

그러면 너희가 무엇을 보려고 갔었더냐?

선지자냐? 그렇다!

내가 너희에게 이르노니 선지자보다 나은 자니라.(누가 7:24~27)

21세기 엘리야 되는 통일(統一)은 무엇 하러 광야에 갔는지 모른다.

무엇하러 그 모진 광야(진리의 길)에서 고난과 핍박을 받았는지 모른다.

돈을 벌기(기업을 하기) 위해서 갔었는가?

좋은 차(車)와 집(住宅)을 위해서 갔었던가?

보라! 그와 같은 것은 세상 사람들이 더 잘 하고 있다!

그럼 무엇을 위해 그 모진 광야(진리 - 원리의 길)에 갔었던가?

신이 자신들을 광야에 내몰아 세상으로부터 핍박과 몰이해를 받게 한 건,

그 자신들은 절대 다른 이에게 그와 같은 일을 하지 말라 함이 아니었던가!

하지만 이천년 전의 세례 요한과 마찬가지로 21세기 세례 요한 통일은
참 자녀에 실족했다. 실족했을 뿐 아니라, 세상 사람과 똑같은 행태로 참
자녀를 내쫓고 내몰았다.

그래서 참부모의 때부터 지금까지 하늘나라는 침노를 당하게 된 것이다. ●

정도령

1

우리 민족은 근세의 격변기를 거치면서 '정감록' 과 '격암유록' 이라는 예
언서를 두게 됐다.

그 예언서들은 장차 정도령이라는 이가 와서 사악(부패)한 무리(탐관오리)를
몰아내고 정의로운 사회를 이룰 것이라는 예언을 담고 있다.

이를 근거로 하여 많은 선동가들이 '정도령' 을 언급해왔다.

어떤 이는 자기의 성이 정씨(氏)라는 것으로 자신을 정도령이라 했고,

어떤 이는 고향과 출신을 앞세워 자신을 정도령이라 했으며,

어떤 이는 나름의 논리로 자신이 정도령임을 내세웠다.

하지만 '정도령' 의 진짜 의미가 무엇인가?

정도령의 의미를 모르고 정도령일 수 없다.

정도령은 정도령(貞道令)이다.

貞을 말하는 사람이다.

貞이 되어야 비로소 正이 된다.

세상이 모두 正(政治), 正(正論) (말)하며,

자신(만)이 正하다 말하지만,

正을 말하지 말고 貞의 길을 가라.

그러면 저절로 正이 될 것이다.

곧이(貞)가 곧 正이다.
곧이(貞) 가야 正이 되는 것이다.

누구든지, 어떤 분야든지, 貞의 길을 가면
그는 그 길(분야)의 '정도령'이 된다.

그럼 "때가 되면 오리라" 한 님은
어떤 길(분야)을 貞으로 가는 사람일까?
종교와 철학 분야의 길을 貞으로 가는 사람일까?
과학과 기술 분야의 길을 貞으로 가는 사람일까?
예술과 체육 분야의 길을 貞으로 가는 사람일까?
아니면 모든 분야의 貞을 다 이룰 사람일까?

아니다. 그는 단지 선(善)의 길 하나(만)를 貞으로 가는 사람이다.
'선' 을 원칙, 법칙, 철칙으로 삼아 절대 선(絕對善)의 길을 가는 사람이다.
그 하나만으로 그는 정도령 중에 정도령(만왕의 왕)이 되는 것이다.
그는 '선한 목자' 로서,
원수로부터도 "착하다"는 인정을 받을 사람인 것이다.

하지만 정도령은 '시대에 버림받은바 된 자' 로 온다.
월매도, 향단이도 거들떠 안볼 상거지로 오는 것이다.

‘버림받음’ 은 올곧이 여정(貞道)의 필수 과정이다.

예수는 그러한 과정을 몸소 체험하여 너무나도 잘 알았기 때문에
“고난을 받으며 이 세대에게 버린바 되어야 한다.”(누가 17:25)고
다시 오는 때에 대해 분명하게 예언하여 말할 수 있었던 것이다.

2

정도령은 암행어사로서 ‘왕의 마패’ 를 지니고 오는 사람이다.
그 마패(馬牌)는 ‘하늘의 인친 표’, ‘하늘 말(진리)의 패(牌)’ 로
곧 진리를 지니고 오는 사람이다.

마패는 어사의 전유물로 하늘(왕) 특권을 행사할 수 있는 증표지만,
간혹 거짓 것(적그리스도)으로 풍속을 어지럽히는 일도 적지 않다.
그러므로 그의 ‘진품 확인’ 은 오랜 공부와 경험, 섬세한 비교 관찰을 필
요로 한다. 선수는 선수를 알아보며, 전문가는 전문가를 알아본다.
진리는 진리를 알아보며, 빛(정신)은 빛(정신)을 알아본다.

새 시대를 통하는 마패 코드는 ‘과학’ 과 ‘현실’ 그리고 ‘영생’ 이다.

누구든지 ‘진리’ 를 말하려면 과학을 기저로 놓고 해야 한다.

누구처럼 과학(진화)을 부정한 채 과학자들을 불러 모아선 안 된다.

누구든지 '구원'을 말하려면 현실적 구원에 대해 말해야 한다.
누구처럼 과거의 조상이나 사후(靈) 이야기로 구원을 말해선 안 된다.

누구든지 '영생'을 말하려면 과학의 근거가 될 '중간'을 보여야 한다.
누구처럼 대머리에 청춘이 사라진 노구(老軀)로 그것을 주장해선 안 된다.

새천년의 진품 마패는 이와 같은 그림들이 그 안에 선명히 새겨져 있어야
한다.
과학 아닌(없는) 진리, 현실 아닌 구원, 젊음 없는 영생은 부럽지도 않다.
정도령은 다시 이렇게 말할 것이다.
"나는 길이요, 진리요, 생명이다."

3

정도령은 스스로가 거지(서민)이므로, 서민의 편에 서서
과다하게 자기 잇속을 챙기는 사또(기득 세력)를 심판하고,
모두가 보람있게 사는 평화로운 사회를 이루기 위해서 온다.

지금의 때는 변사또의 생일 잔칫날(물질만능 시대)이다.

이기의 거짓 임금이 풍요의 잔치를 벌이고 가락을 읊는 때이다.
그럼, 그의 생일 잔칫날 올려졌던 이도령의 시 한편을 다시 볼까나?

金樽美酒千人血
玉盤佳肴萬姓膏
燭淚落時民淚落
歌聲高處怨聲高

금술통의 아름다운 술은 만백성의 피요,
옥쟁반에 기름진 찬은 만백성의 기름이다.
촛불의 눈물 떨어질 때 백성의 눈물 떨어지고,
노랫소리 드높을 제 원망소리 드높다.

지금은, 이기의 거짓 것들이 배를 가득 채우고 낄낄대고
진실(정신, 순수, 선)은 그 밑바닥에서 헐떡이고 허우적대는,
진실은 죄인처럼 묶여지어 심판대에 서고 거짓이 임금처럼 호령하는,
벨이 꼬이고 창자가 뒤틀리는, 목불인견(目不忍見)의 그런 세상이다.

이 모든 부조리를 배경으로 하여 정도령은 다시 온다. ●

메시아의 모습

1

"오리라"한 메시아는 어떤 모습으로 올까?

그는 '미남'의 모습으로 온다.

그는 먼저 스스로의 구원을 이뤄 오는 사람인데
구원이란 조화와 균형으로 건강을 이루는 것이고,
조화와 균형의 건강을 이루면 미남(미녀)이 되는 것이므로
스스로의 구원을 이루고 오는 메시아는 미남이 아닐 수 없는 것이다.
(단, 여기서의 美는, 젊어서 갖는 일반적인 美와 같지 않다)

그는 순수한 모습으로 온다.

그는 능력과 재능을 선택받아오는 것이 아니라,
착함과 순수의 심성을 선택받아오는 것이다.
선(善)이란 타(他)를 먼저 생각하는 것이므로,
'선한 목자'인 그는 내성적인 성향의
착하고 순수한 모습이 아닐 수 없다.

그는 거지의 모습으로 온다.
그것은 설화 춘향전의 이도령과 같은 모습이다.

그것은 필연으로, 그 때문에 설화가 왔다.

설화나 신화는 인간이 만들거나 꾸며서 나온 게 아니라,

애초 우주 심(宇宙心, 신)이 인간을 통해 이야기를 낸 것이다.

구원이란 격차가 난 세상에 균형을 주는 일이고,

균형은 세상의 소외된 이들을 일으켜주는 일이다.

그렇다면, 그가 먼저 그 세대에 버림받은 바 되어

소외된 모든 자들의 입장에 서야 되지 않겠는가.

세상의 어두운 곳을 살피는 것이 구원인 것인데,

그와 같은 입장이 아니고서 어떻게 그들을 살필 수 있겠는가.

같은 입장이 아닌 채, 그들을 생각하는 것은 가능하지 않다

2

그는 세상의 학위과정을 거치지 않을 것이다.

세상의 학위는 취업과 함께 '살아가기 위한 수단' 으로 필요로 돼 있다.

그는 '몸' 이 필요로 하는 것보다 '영' 이 필요로 하는 것을 먼저 구한다.

그는 먹고 살아갈 문제보다 '어떻게 살 것인가' 를 먼저 생각하게 되므로

취업을 위한 학위나 자격증보다 진리에 대한 탐구를 하게 되는 것이다.

그는 빈자의 모습으로 온다.

그는 인생의 중요한 시기를 진리탐구에 몰두하므로, 세상살이는 뒤처지기 쉽다. 세상 물정에 밝지 못할 것이고, 그것에 대한 순수(단순)한 접근과 여린 마음 등으로, 살기 위해 벌이는 사회의 치열한 경쟁에서는 결코 우위를 점하지 못할 것이다.

그는 버림받은 모습으로 온다.

남성으로서 먹고사는(경제적인) 문제에 뒤처지면 여성으로부터는 외면 받게 된다. 여성으로부터 외면 받으면(이혼당하면) 가족, 친지 등 주변으로부터도 멀어지고, 결국 사회적으로 버림받는 입장에 놓이게 된다.

이와 같이하여 그는 거지의 모습으로 온다.

흡사 춘향전에서의 이도령과 같이,

비록 품속에 왕(하늘)으로부터 받은 마패(진리)가 숨겨있을지라도

그 마패는 때가 되어야(시간이 흘러야) 드러낼 수 있는 것이요.

그때까지는 결코 자신을 드러낼 수 없는 것이므로,

그때까지는 천하의 종년 향단이도 거들떠보지 않는,

거지 중 상거지의 과정을 거치게 되는 것이다.

그는 그 과정에서 온갖 수난과 함께 세상의 부조리를 알게 되는 것이다. ●

메시아의 할 일

메시아가 할 가장 주된 일은 건강에 관한 일이다.

건강이야말로 인류에게 가장 필요한 일이기 때문이다.

건강한 몸과 건강한 마음이 영위하는 삶,

그것이야말로 모든 인류가 바라는 진정한 의미의 '구원'인 것이다.

건강과 함께 인간에게 버금으로 중요한 것이 또 하나 있다.

바로 성(性, sex)에 관한 것이다.

인간이 성으로부터 자유하는 것,

성적 욕구 또는 그 고통에서 벗어나는 것,

음란(淫亂)으로부터 벗어나 질서를 찾아 이루는 것,

이것이 21세기 인류가 해결해야 할 중요과제인 것이다.

인간은 유사 이래 오늘에 이르기까지 성에 대해 한 모순을 안고 왔다.

"마음으로는 하늘의 법을 따르려하지만, 몸의 법이 나를 사로잡는구나!

아, 나는 피곤하고 괴로운 사람이로다!"라고 개탄했던 바울처럼(로

7:22~24) 인간 모두는 자체 내의 모순된 욕구로 인해 고통스런 인생길을

걷고 있는 것이다.

현금의 인류는 물질적인 풍요와 더불어 시간적인 여유로

삶에서의 쾌락(성적) 추구는 점차 확대되고 있지만,

그 쾌락(성)에 대한 기준은 정립돼 있지 않으므로,

쾌락 추구는 사회의 도덕적 가치와 괴리되어 혼란의 요소가 되고 있는 것
이다. 그러므로 이에 대한 정립은 무엇보다 필요한 일이 아닐 수 없다.

메시아는 이렇게 인류에게 가장 필요한 두 가지 열매
즉, 생명나무(건강)와 선악나무(사랑)의 열매를 열음(질)하는 농부의 일을
할 것이다. ●

패자의 왕 메시아

메시아는 패자의 왕으로 오는 사람이다.

승자와 패자는 어떤 기준에 의한 것이냐에 따라 다르다.
자신의 마음속 이상을 높이 달아, 매일 매순간을 전쟁으로 삼는 이도 있고,
오직 부(富)와 성공만을 하나의 과제로 하여 전쟁을 삼는 이도 있다.

매일 매순간을 전쟁으로 삼은 이는 더불어 매일의 패배를 맛보지 않을 수
없는 것이고, 오직 한 가지 목표를 전쟁으로 삼은 이는
패배 또한 매일의 것으로 맛보지 않아도 된다.
메시아는 먼저 자신의 내면에 높은 기준을 세우고 전사처럼 생활하므로,
끊임없는 실패와 그에 따른 자괴감(罪)을 느끼지 않을 수 없게 된다.
그는 그와 같은 매일의 패배로 인하여 생각이 깊어지고 내향적이 된다.

전쟁에는 승리도 있지만, 항시 실패도 뒤따른다.
최후의 승리를 얻기까지 순간의 과정에서는
승리와 패배를 반복해서 맞게 되는 것이다.

그럼 그는 그 전쟁에서 어떤 실패를 거듭하였을까.
마음을 닦아 순수를 이뤄, 연금에 이르러야 할 '현자의 돌'에게 있어
육체와의 싸움은 필연적이다.
그 싸움이야말로 매일 매순간의 싸움이 아닐 수 없고,

또 단번의 승리로 종결할 수도 없는 치열한 싸움이다.

남성으로서 그는 당연히 색욕(色慾)과의 싸움을 가장 처절하게 치르게 된다.

"내 속 사람으로는 하나님의 법을 즐거워하되,

내 지체 속에서 한 다른 법이 내 마음의 법과 싸워

나를 내 지체 속에 있는 죄의 법 아래로 사로잡아 오는 것을 보는도다.

오호라, 나는 곤고한 사람이로다.

누가 나를 이 사망의 몸에서 건져내랴!"

"내 마음으로는 하나님의 법을, 육신으로는 죄의 법을 섬기노라."(로
7:22~25)

인류를 대신해서 한 옛 바울의 고백처럼

메시아 또한 몸의 체(體)를 쓴 인간의 모습으로서,

세상 모든 사람들이 거칠 육욕과의 싸움을

먼저 심각하게 거치지 않을 수 없는 것이다.

그는 악마가 숨어있는 요단강(色)의 늪지에서 처절한 혈투를 벌이는 것이다.

그리하여, 야곱이 얍복강 근처에서 천사와 밤새 싸워 승리자가 되지만,

얻어맞은 환도 뼈 부상으로 발을 절룩거리며 아침(해)을 맞는 것과 같이,

메시아는 요단 강둑의 색마(色魔)와 밤새워(21세기를 맞기 전까지) 싸우고,

상처투성이의 몸을 절벅이면서 새천년의 해를 맞이하는 것이다.

인생의 묘미는 패배로 인한 굴절(구불구불함)에 있다.

마치 더 굴절되어 더 가치를 발하는 소나무모습처럼
그리고 더 굴절되어 더 감동을 전하는 영화이야기처럼
메시아는 모든 극적인 경전과 설화내용의 주인공으로서,
수많은 우여곡절의 과정을 거치며 승리하고 오는 것이다. ●

예수

1

예수를 사랑한다는 것은 그가 어떠한 모습으로 와서
어떻게 반발했고, 어떻게 버림받고 죽어갔는가를 알고
그와 같은 약자(小子)를 사랑(생각)하는 일이다. (마 25:4)

많은 사람들이 예수를 믿는다, 존경한다하지만,
그 믿음과 존경은 다 허상에 불과하다.
왜냐하면 그들은 그를 (전혀) 모르기 때문이다.
그래서 그는 자신을 믿노라 하는 그들에게 이런 말을 하게 되는 것이다.
"내가 너희를 도무지 알지 못하니 불법을 행하는 자들아, 내게서 떠나가
라." (마 7:23)

믿음과 존경을 말하려면 먼저 그의 실상에 대해 알아야 한다.
그가 어떠한 모습이며,
어떠한 성격과 감성을 지녔으며,
어떻게 사색하고,
어떤 생각들을 했으며,
약자(빈자)에 대해 어떻게 반응했고,
기성세력과 질서를 두고는 어떻게 반발했는지 알아야 하는 것이다.

사람들은 그의 능력과 업적을 보고 추종한다.

하지만 그것(능력, 업적)들은 차라리 잊어도 좋다.

능력과 업적 등은 포장(기록)과정에서, 과대포장 될 수도 있지만,

내면적 성격과 심성 등은 결코 그럴 수 없다. 그러지 않는다.

내면적 성격과 심성 등은 일반 사람들의 주요 관심에서 제외되므로,

기록과정에서 오히려 생략되거나 축소되기 십상이고,

그마저도 보는 이들의 무관심 속에서 묻히기 십상인 것이다.

그러므로 그의 면모를 제대로 알려면

그에 대한 신앙과 불신 어느 쪽도 하지 말고,

중립(중도)의 위치에 서서

그 인격이 처한 상황에 대해 자세히 보아야 한다.

그러면 미미할지라도, 스치듯 지나는 그림자 틈 속에서

간간히 발하는 빛의, 그의 진정한 면모를 엿볼 수 있다.

2

그가 가진 실상들은 대체로 아래와 같은 것들이다.

"나를 인(囚)하여 실족치 않는 자는 복이 있노라."(마 11:6)

이 말은 그가 어떠한 존재였던가를 잘 나타내고 있다.

자신에 대하여 실족치 않기를 바라고 당부하고 있는 이 말은,

사람들이 자신에게 실족하고 있다는 사실과

그럴 수밖에 없다는 사실과

자신도 그 사실을 잘 알고 있다는 사실이 나타나 있다.

그는 그 자신을 잘 돌아볼 줄 아는 이였다.

선(善)이란 다름 아닌, 자기 자신을 잘 되돌아보는 것이기 때문이다.

'선한 목자' 인 그는 자신의 행동이 타인에게 해(害)가 되는지, 안 되는지,

자신의 모습이 타인에게 어떻게 비쳐지고 있는지, 잘 알고 있었던 것이다.

사람들에게 비쳐진 자신의 객관적인 모습이(인간이란 존재 자체도)

참으로 보잘 것 없는 존재라는 것을 겸손의 왕은 너무나도 잘 알고 있었

던 것이다.

그는 가진 것도, 배운 것도 없는 떨거지 목수였다.

그러한 그에게 어느 누가 실족치 않을 수 있었을까?

더욱이 그가, "나는 하늘의 사명으로 왔다. 나를 받아들여라!" 한다면

말이다.

"여우도 굴이 있고, 공중의 새도 거처가 있으되

오직 인자는 머리 둘 곳이 없도다."(마 8:20)

그는 그의 거처(자택)조차도 가지지 못한 자였다.

그러면 당시 사람들은 왜 그에게 실족했을까?

그가 가난하고, 배우지 못한 존재였기 때문이다.

예나 지금이나 사람들이 가지는 가장 큰 잣대는 부(富)다.

더욱이 당시의 이스라엘 사회는 로마 사회를 배경으로 하여,

거대한 자본경제와 그에 따르는 물질문명의 융흥(隆興) 등으로,

富를 '존망(尊望)' 하고 따르는 물질주의 현상이 팽배했던 것이다.

그 같은 사회적 분위기 속에서 자신의 상황을 둘러본 그는,

"부자가 천국가기는 낙타가 바늘귀를 통과하는 것보다 어렵다"는 말을

자연스럽게 할 수밖에 없었던 것이다.

그가 말한 '부쟈' 의 의미는 마음(심령)의 가난(富)에 대한 것이라던가,

또는 다른 기준 모호한 개념의 말이 아니다.

그가 말한 부자의 의미는 자신보다 재물이 많은 당시의 모든 사람들

에 대한 분명한 기준이 있는 말이었다.

富를 이루고 있고, 그러면서도 더 미친 듯이 富를 추종하던 당시의 사람

들에게 있어, 진리의 추종을 위해 거지 청년에게 오는 일은

그야말로 "낙타가 바늘귀 속으로 들어가는 것보다 어려운 일"이 아닐 수

없었던 것이다.

그것은 오늘날에 있어서도 마찬가지다.

사람들은 출세하기 전 사람의 말에는 아무런 의미도 두지 않지만,

출세한 다음의 사람이 하는 말에는 어떠한 의미도 붙이길 마다하지 않

는다.

그것이 설사 아무런 의미도 없는 '개똥철학'과 같은 것일지라도 말이다.
당시 하찮은 존재로 있었던 그의 말에 관심을 두는 사람은 하나도 없었다.
왕자라는 신분 때문에 당대에 수많은 설법이 성사된 석가모니와는 대조
적이다.
석가는 왕자의 신분이라는 것 때문에 당대에 수많은 사람들이 그를 추종
했고, 그래서 고대(선조)로부터 전해져오던 바라문(교)의 전통마저 뒤바뀌
게 하였던 것이다. 즉, 고행(수도)의 전통이 버려지고 주문(설법)의 전통
이 싹트게 되었던 것이다.

고행의 전통이 버려지게 된 것은 나쁜 의미의 '죽음'이다.
그것으로 인해 인류는 생명나무로 가는 통로를 아예 잃어버리게 된 것
이다.
동양에서 고행(수도)의 전통이 버려지게 된 것과
서양에서 예수의 생명이 버려지게 된 것(죽음)은
같은 맥락에서 인류사에 가장 중요한 의미를 갖는다.

하지만 역사는 시간 속에서 꼭 '제 값(몫)'을 찾아가도록 해준다.
지금은 그렇게 역사의 '제 몫'을 되찾는 때이다.
곧, 재림(再臨)의 때이다.

3

예수는 사(私)가 없었고, 그러므로 이기 또한 없었으며,
그래서 자아를 완전히 공(公)으로 세워놓은 사람이다.
그래서 그는 이방 여인에게 '물을 청하는' 실례의 일도 서슴지 않았고,
자신의 발에 향유를 부은 여인에 대한 칭찬도 주저하지 않았던 것이다.
그것은 이기적 자아를 못 버린 자들에게는 수상쩍고 화가 나는 일이었
지만, 이기적 자아를 버린 그에게 있어서는 추호의 거릴 것 없는 자연의
일이었던 것이다.

그는 욕마저도 공적인 개념 하에 한 사람이다.
그가 당시의 사회에서 '독사의 새끼들아(마 24:33)' 라고 한 것은
오늘의 사회에서 '개새끼들아' 라고 한 것과 매일반의 것이다.
당시 사회에서 '뱀' 이란 가장 간악스럽고 저주스런 상징의 동물이었던
것이다. 하지만 그는 다른 모든 사람들처럼 성질에 못 이겨 그와 같은 욕
을 낸 것이 아니라, 그 언어가 가진 의미와 그 당사자들의 본질(정체성)에
대해 알고, 생각해서 낸 말이다.

이렇게 그는 자신을 공적으로 세움으로써
세상의 규범과 도덕(선악)의 개념을 넘어서게 된 것이다. ●

예수와 성 性

예수의 성(性)에 관련된 기록은 어디에도 남아있지 않다.

그러므로 그가 가진 여성과의 대면 일부에서 그의 性에 대한 면모를 엿볼 수밖에 없다. 한 가지, 그가 30(歲) 공생애로 나오기까지 그에 대한 행적이 거의 없는 것을 보면, 그가 30세 공생애로 나오기까지 자신의 내면의 완성을 위해 부단한 수련의 과정을 가졌을 것이라고 추상해 볼 수 있다. 수련과정의 주된 과제는 性인 것이다.

예수가 가진 여성과의 대면 세 가지이다.

'사마리아 여인'

예수가 사마리아 지역을 지나갈 때였다.

제자들은 먹을 것 구하러 모두 마을로 내려가고

예수 혼자 우물가 근처에 머물러 있었다.

마침 한 사마리아 여인이 물을 길러왔다.

예수가 그 여인에게 "물을 좀 달라"고 하자,

여자는 흠칫 놀라 대답한다.

"유대인인 당신이 왜 내게 물을 달라 하나요?"

그것은, 당시 유대인은 사마리아인과 대면조차 하지 않았기 때문이다.

더욱이 총각이 처녀에게, 한적한 둘만의 공간에서 행한 이 행동은

일반인이 볼 때 얼굴이 화끈거리는 순간이 아닐 수 없었던 것이다.

예수는 말을 돌려댄다(이것은 타인이 볼 때 그렇게 볼 수 있다는 말이다).
"네가 만일 하나님의 선물과 또 네게 물 좀 달라 하는 이가 누구인 줄 알
았다면, 네가 먼저 나에게 청하였을 것이다."
이에 사마리아 여인이, "보아하니 당신에게는 아무것도 없는데,
도대체 무엇을 내게 줄 수 있단 말인가요?" 하고 되묻는다.
이에 예수는 대답한다.
"내게는 영원히 목마르지 않는 샘물이 있다."

이것은 성서의 내용을 대략(大略)한 것이다.

때마침 마을로 내려갔던 제자들이 돌아와 그 상황을 맞닥뜨린다.
그 아랫것(제자)들은 뭐가 난처한지 얼굴을 돌린 채 아무 말도 못하고,
사마리아 여인은 물동이를 내버려둔 채 자리를 피하여 마을로 돌아간다.

사람은 자기가 가진 수준만큼 생각한다고,
제자들은 이때 무슨 생각들을 하게 됐을까?
이기의 색(色)을 못 버린 그들에게, 그 상황은 참으로 어색했을 것이다.
예수는 사(私)를 넘어선 사람이었으므로, 색(色)도 넘어서,
그 여인을 영혼의 눈으로 바라보고 대한 것이었다.
그 영혼이 깊고 아름다워, 하늘 이야기를 해주고 싶었던 것이다.

아무에게나 '하늘이야기'를 꺼낼 수 없는 것이다.

돼지에게 진주를 줄 수 없는 것이다.

'향유를 부은 여인'
예수가 십자가 죽음으로 향하기 얼마 전,
마리아라는 여인이 값비싼 향유를 예수의 발에 붓는 일이 있었다.
그 여인이 자신의 머리털로 예수의 발을 닦는데,
곁에 있던 제자들은 "왜 그 따위 낭비를 하느냐"며 분(憤)을 낸다.
이에 대해 예수는 그 여인을 "세상 끝 날까지 기념되리라" 한다.

예수의 제자들은 그와 같이 먹고 자며, 같이 지내고 있으면서도
그가 처한 외적 상황과 그가 지닌 내적 사정을 감지하지 못했다.
그들이, "그것을 팔아 가난한 사람들에게 줄 것을!"이라고 한 것은
그들이 이타를 생각해서, 공심(公心)의 발로로 한 말이 결코 아니었다.
그 역시 색(色)을 못 벗어난, 사심(私心)이 발로된 말이었다.
그들의 눈에는 한 여성이 한 남성에게 행하는 모습만 보이고,
그 안에 들어있는 하늘의 기막힌 사정은 보지 못한 것이다.
그것은 그들 안에 色안경이 씌어져 있었기 때문이다.
오직 마리아만이 죽음을 앞둔, 예수의 사정을 통하고 있었다.
예수는 이 사건에서 자신이 그토록 강조해 오고, 사회의 규범도 되는

'가난한 이'의 경계도 뛰어넘는 완전한 공적자아의 면모를 보여주었다.

'간음한 여인'
예수가 성전에서 가르치실 때,
서기관들과 바리새인들이 간음한 여인을 현장에서 잡아와 예수 앞에 세운다. 그리고 묻는다.
"모세의 율법에 돌로 치라 했는데, 당신은 어찌 할 것인가?"
돌로 치지 않으면 모세율법에, 돌로 치면 현행법(로마법)에 저촉될 것이었다. 예수는 능청스럽게 몸을 굽혀 무언가를 땅에 그적이며 아무 답도 하지 않는다. 저들이 다그쳐묻자, 예수가 일어나며 대답한다.
"너희 중에 죄 없는 자가 먼저 돌로 치라!"
잠시 후 어른부터 아이까지 모두 그 자리를 빠져나가고,
마지막에 그 여자만 남는다.
예수가 "여자여, 너를 고소한 이들이 어디 있느냐" 묻자,
여자 "아무도 없나이다"라고 대답한다.
이에 예수는 " 나도 너를 정죄치 아니하리니, 가서 다시 범죄치 말라."
한다.

예수는 인간이 가진 위대함과 하찮음, 거룩함과 비천함을 모두 알고 있었다. 자신도 공색(空色)을 이루기까지 그와 같은 죄의 유혹을 수없이 겪었기 때문이다. 인간은 (공색을 이루기까지) 죄를 범하는 동물이다.

중요한 것은 다시 일어나, 다시 죄를 범하지 않도록 부단히 노력하는 일
이다.

용서 못할 죄는 없다.

그러므로 그 죄(값)를 면하고자 '거짓'을 드러내는 것이야 말로 가장 큰
죄가 되는 것이다.

죄를 놓고 '다시 일어나는 것'이 선이고, '피하는 것'이 악인 것이다. ●

예수의 십자가

이제까지 예수 십자가의 진실은 왜곡되어 왔다
인류는 십자가에 담긴 슬픔과 죄의 내용을 반성으로 하기보다,
그에 대한 미화로 허물을 덮고 희망을 부여잡는 쪽을 선택했다.
하지만 진정한 희망은 진정한 반성 없이는 성사될 수 없는 것.
이제 십자가의 실상을 바로 알아 먼저 진정한 회개를 해야 한다.

예수는 십자가를 지기 하루에 앞서 이러한 기도를 한다.

"아버지여, 할 수만 있다면 이 잔을 내게서 면케 하옵소서.
그러나 나의 원대로 마시고, 당신 원대로 하옵소서. (마 26:39)

예수는 이 기도를 세 번이나 거듭해서 하는데,
"땀이 땅에 떨어지는 핏방울같이"(누 22:44)
심각하고 처절한 모습으로 한다.

그럼 예수는 왜 이런 기도를 하였을까?
그것도 한밤중에 자신의 수(首)제자 셋만을 데리고 언덕에 올라,
자꾸 졸기만 하는 그들을 세 번이나 반복해서 일깨우며 말이다.
기독인들은 그도 사람의 체(體)를 쓴 인간인지라 이런 기도를 했다고 한다.
사람의 體? 인간?
그것이, 자신들이 그토록 입에 침이 마르도록 찬양하는 그를

더할 수 없이 모독하는 처사라는 사실을 알지 못하는가!

그들은 예수의 제자들이 어떤 죽음의 길을, 어떤 태도로 갔는지 알고 있다.

그들은 자신들의 신앙 선배들이 어떤 자세로 순교의 길을 갔는지 또한 알고 있다. 사자에 찢겨 죽으며, 기름 가마에 튀겨 죽으며, 목이 잘리며, 십자가에 박히며, 한결같이 "할렐루야, 감사하나이다!" 했다.

아버지의 나라와 그 영광을 기원하며 기꺼이 죽음의 길을 갔다.

그런데 그들의 스승인 예수가 육체의 고통이 무서워

그와 같은 기도를, 그와 같은 모습으로 했다는 것인가?

이러한 태도는 한 나라의 위인들과도 비교되는 것이다.

최영과 정몽주, 사육신으로 대표되는 성삼문, 안중근과 유관순 등

수많은 애국지사와 독립운동가 그리고 수많은 민주열사들,

그들 모두 죽음에 대한 보장 즉, 부활이나 영생, 천당과 같은 약속 없어도

예수와 다를 바 없는 고통과 고문의 刑을 달게 받으며 죽음의 길을 갔다.

그런데 온 인류를 구원한다는 사명으로 하늘에서 왔다는 예수가,

하물며 죽으면 곧 부활되어 하나님 곁에서 영원히 살 수 있다는 것을 안 예수가,

그깟 순간의 고통이 무서워 그렇게 절망하고, 고민하며 기도했겠는가!

예수는 육신의 고통이 무서워 그와 같은 기도를 한 것이 아니다.

예수는 자신의 십자가 죽음이 하늘의 근본 뜻이 아닌 걸 알았기 때문에

그와 같은 기도를 한 것이다.

예수의 십자가는 스포츠의 비기기, 사업가의 부도 면하기 작전이다.

하늘의 근본 뜻은 '포도원의 비유' 에 잘 나타나 있다.

'포도원의 비유'

한 사람이 포도원을 만들어 농부들에게 세주고 타국에서 오래 있다가,

때가 이르매 포도원 소출 얼마를 바치게 하려고 한 종을 농부에게 보내니

농부들이 심하게 때리고 거저 보내었거늘,

다시 다른 종을 보내니 그도 심히 때리고 능욕하고 거저 보내었거늘,

다시 세 번째 종을 보내니 이도 상하게 하고 내어 쫓은지라.

포도원 주인이 가로되 "어찌할꼬 내 사랑하는 아들을 보내리니

저희가 혹 그를 공경하여 세를 바치리라" 하니라.

농부들이 그를 보고 서로 의논하여 가로되,

"이는 상속자, 아들이니 죽이고, 그 유업을 우리의 것으로 만들자" 하고

포도원 밖에 내어 쫓아 죽였느니라.

그런즉 포도원 주인이 이 농부들을 어떻게 하겠느뇨?

와서 그 농부들을 진멸하고 다른 사람들에게 포도원을 주리라. (누 20:9~16)

우주의 주인(신)이 그 아들을 이 땅에 보낸 것은 죽으라고 보낸 것이 아니다. 포도원(지구)을 있게 한 그 유업을 위해서이고, 그 소출(所出)을 위해서이다.

2

오늘의 인류는 우주로부터 받은 이 땅에서의 소출을 얼마나 준비했는가!
우주로부터 온갖 것, 아름다움과 충만함을 받았다면
이제 그 얼마를 우주 앞에 되돌려야 할 것이 아닌가?
자신의 영혼을 포도송이처럼 알차고 탐스러운 것으로 맺어,
우주와 하늘 앞에 소출로써 내어주어야 할 것 아닌가!
이타와 태양과 사랑의 양분으로 탐스럽게 익은 그 영혼을
은쟁반에 모시수건 같이 담아 올려드려야 할 것이 아닌가!

신은 몸땡이만 살찌울 짐승에게 자신의 유업(포도원)을 내맡긴 게 아니다. ●

예수 모순

1

사람은 누구든지 장점이 있고 단점이 있다.

그 사람이 갖고 있는 장점은 곧 단점이고,

그 사람이 갖고 있는 단점은 곧 장점이다.

자상함이 장점이라면 냉정함에선 단점이고,

활달함이 장점이라면 차분함에선 단점이다.

예수가, (또는 그 누구이던지) 장점만 있을 것 같은가?

천만에! 환상을 버려야 한다.

요점은 어디에 초점하느냐이다.

긍정적으로 보면 긍정이 되고, 부정적으로 보면 부정이 된다.

양귀비의 (얼굴) 찡그림이 아름답게 보였을지라도,

모두가 그렇게 보지는 않았을 것이며,

다른 여성의 것도 또한 다 그러한 것은 아니다.

포은(圃隱, 정몽주)의 일편단심이 고려에서 보면 충절이지만,

조선에서 보면 변화에 순응 못하는 고지식이 되는 것이다.

기록(성서) 속의 예수는 다른 각도에서 볼 때

얼마든지 모순된 모습을 찾아낼 수 있다.

예수가 대화나 훈계, 또는 법적 방법이 아닌

성전 상인들의 판을 물리적으로 뒤 업는 장면(마 21:12~13),
독사의 새끼들아! 하고 욕설하는 장면,
안식일을 범한 자기 제자들을 옹호하는 장면,
이방 여인에게 말을 거는 장면,
간음한 여인을 용서하는 장면
등 수많은 생활양식은 결코 이해할 수 없는 것이었다.
사회 혼란을 가져올 수 있는 일들이었기 때문이다.

그는 일생 부자를 경계하고, 약자(빈자)를 우대했지만,
정작 자신의 발에 값비싼 향유를 붓는 여인을 칭찬했고,
먹고 마시기를 마다하지 않고 즐겼으며(마 11:19),
또 병에 대해선 죄 때문에 생긴 게 아니라고
말하여놓고도(요 9:3), 정작 병자를 치료할 때면
"네 죄 사함을 받았다(마 9:2)"고 하였던 것이다.

그러한 모습들을 놓고 대제사장들과 바리새인들은 예수를
사기꾼으로 몰았으며, 결국 죽음으로까지 내몰았다.

오늘에 있어 자유민주주의 시대가 온 것은
다시는 그와 같은 불합리한 불합리한 내용으로의 처형이
의인에게 가해지지 못하게 하려는 신의 의도 때문이다.

시대의 의인들은 다 말로써 오해를 받은 사람들이다.

예수, 소크라테스, 세례 요한, 최영, 이순신 등 진정한 성, 의인들은

다 말을 걸고 넘어가는 악마의 모략에 의해 고통 길을 간 것이다.

그 행동에 책잡혀 골고다를 간 것이 아니다.

그들의 행동은 책잡을 게 하나 없으므로 그 말을 걸고 넘어가는 것이다.

의인은 마음속에 사심(私心)이 없고 악의 또한 없으므로,

그 말을 꾸미지 않고 직설적으로(솔직히) 하는 것이다.

반대로 악마는 마음속에 사심이 가득 차,

말을 숨기고, 꾸미고, 정리해서 내놓는다.

그런데 악마가 반대로 이 말을 걸고 넘어가는 것이다.

말(언어)이란 얼마든지 자의적으로 해석이 가능한 것이어서

전혀 다른 의미를 부여하여 설명할 수도 있는 것이다.

하나의 언어가 여러 가지로 해석되어질 수 있는 것이다.

지금의 종교는 다 그 해석에 의해 갈라진 것이다.

경전이 달라서가 아닌 것이다.

그래서 예수는 내 말은 믿지 아니할지라도,

그 일(행동)은 믿으라고 외친 것이다.

못된 열매(행동) 맺는 좋은 나무가 없고,

좋은 열매(행동) 맺는 못된 나무도 없다고 한 것이다. (눅 6:43)

성서 또한 다른 각도에서 보면 모순투성이다.
하나님이 이 세상을 창조하셨을 때 인간으로 인하여,
세상이 죄악 세상이 될 것이란 것을 알지 못하였을까?
알지 못하였다면 그는 전지전능의 신이 아닌 것이고,
만일 알았다면(알고도 창조를 한 것이라면),
그는 사랑의 신이 아닌 것이다.

또, "한 세대는 가고 한 세대는 오되 땅은 영원하도다(전 1:4)"
라고 성서는 말하였지만, 땅은 결코 영원하지 않은 것이며,
(우주의 영원한 시간에서 땅의 수명 수백억 년은 찰나에 불과하다)

예수의 족보를 중요시하여 창세부터 그 계보를 쭉 그리고 있으면서도,
정작 그가 사람의 성(性)이 아닌 성령으로 잉태됐다고 하는 내용은
앞뒤도 맞지 않는 것이며, 과학적이지도 않은 것이다.

이처럼 성서는 해석하기에 따라서 얼마든지 모순된 것이다.
그러므로 말 하나보다 전체적인 뜻을 붙잡아야 하는 것이다.

2

성인된 자녀는 부모가 완벽해서 믿고 따르는 것이 아니고,

부모의 사랑과 희생을 앎으로, 그를 사랑하고 따르는 것이다

오늘의 신앙인들은 이제 과학의 눈으로 성서를 봐야 한다.
믿기만 하는 것은 종의 신앙이요,
알기도 하자는 것이 아들의 신앙인 것이다.

예수와 성서에서 모순으로 볼 수 있는 것들을 밝히는 것은
그 인격과 행적의 거룩함에 대하여 훼손코자 함이 아니다.
오히려 다시 오시는, 그러나 다른 조건으로 오시는 그님에 대해
오늘의 사람들이 또다시 오해로써 실수함이 없도록 하게 하려함이다.

성서가 일점일획도 틀리지 않고, 달리 해석해서도 안 된다고
생각하는 사람들은 도무지 자기밖에 모르는 사람들이다.
상대편에 대해선 생각할 줄도 모르는 꽉 막힌 사람들이다.

도대체 어떤 말(글)이던지, 달리 해석 안할 방도가 있기나 한단 말인가?
어떤 말이든, 그것은 받는 사람에 따라 해석이 달라질 수밖에 없는 것이며,
같은 사람이 하는 해석일지라도 그 사람이 갖고 있는 사정(기분)에 따라
어제와 오늘, 오늘과 내일, 서로 달리 해석되어 마음에 다가올 수 있는
것이다.
하물며 어떻게 '있는 그대로의 해석', '정통의 해석'을 주장한단 말인가!

196

성서의 내용 중에는 같은 내용도 기술자에 따라 달리 표현되어 있기도 하고, 같은 상황이 다른 내용으로 기술되어 있기도 하다.
또, 하늘의 뜻과 진리가 일점일획도 다르지 않고 결정된 것이라 하더라도, 그것은 다시 받는 자의 노력과 반응에 따라 달라지기도 하는 것이다.

"떡을 달라하는데 돌을 주며, 생선을 달라 하는데 뱀을 주는 부모가 있느냐"의 내용처럼(마 7:9~10) 구하는 바에 따라 자신의 소망을 이룰 수도 있는 것이고, 불의의 재판관의 예(누가 18:2~8)에서처럼 하늘의 뜻과 상관없는 내용일지라도, 그 사람의 노력하는 정도에 따라 바라는 바를 성취할 수 있는 것이다.

예수 또한 치유의 도움을 청하는 이방 여인에 대해,
"나는 이스라엘의 잃어버린 양 외엔 다른 데로 보내심을 받지 아니하였노라", "자녀의 떡을 취하여 개들에게 던짐이 마땅치 아니하니라"
하며 거절을 결정하여 말했다가도 다시 이방 여인의 논리적 대꾸,
"개도 주인의 밥상에서 떨어지는 부스러기를 먹나이다"라는 말에,
"네 믿음이 크도다. 네 소원대로 되리라"며
처음 결정을 번복하여 은사를 허락하셨던 것이다.(마 16:21~28)

이것이 성서의 많은 부분이 두 가지로 예언되어 있는 이유이다.
예수의 영광과 (십자가) 고난이 동시에 예언돼 있는 이유이다.

인간의 노력 여하에 따라 결정될 수도, 피할 수도 있는 것이다. ●

5부

가족 家族

1

가족은 무엇인가?

남(他人)인가? 남 아닌가!

가족이 남이면
친척도 남이고,
나 외엔 다 남이다.
천상천하유아독존이다.

가족이 남 아니면
친척도 남 아니고,
이웃 모두 남이 아니다.
인류는 모두 한 조상에서 이어진 것이다.

2

자신만이 멀리 외딴집에 홀로 머물러있다 한다.
컴컴한 방 한 켠에서 하루 종일 자신만을 마주하고 있다.

인생이란 무엇인가?

어떻게 살아야 하며, 그 목적은 무엇인가?

골방 안에서, 깊고 어두운 시간을
하루, 한 달, 한해를 지나보내게 되면
마음속에는 이런 울림이 들려나온다.
(세상에 너를 나타내야 한다. 혼자로서는 아무 의미가 없다. 네가 그 아무리 잘났을지라도….)

산다는 것은 자신을 나타내자는 것이다.
그래서 신도 창조행위를 시작한 것이다.
제 아무리 위대한 존재라 할지라도 홀로써 무슨 의미가 있겠는가!
자신의 존재를 나타내는 행위는 자신의 존재가치를 드러내는 행위로,
그것은 '내가 세상을 위해 무언가를 할 때' 나타나는 것이다.
즉, 내가 세상에 필요한 존재로 서게 될 때 비로소 실현되는 것이다.

이것이 삶의 자리이다.
성현들의 이타주의 삶이 왜 타당한 것인지,
현대인의 이기주의 삶이 왜 잘못된 것인지,
골방에서 울리는 소리로 확인이 될 것이다.
존재는 타(他人)를 위해 무언가를 하도록 되어있다.
인간은 이 과정을 스스로 알고 그 뜻(이타)을 실천해야 한다.
인간이 바로 진화의 맨 끝에 있는 신의 아들들이기 때문이다.

3

존재는 '他' 를 위해 존재하는데,
타를 대표한 것으로 가족이 있다.

이것이 '가족' 이 가진 의미이다.

'나' 라는 존재는, 타의 궁극인 '세상, 우주' 를 위해 무언가를 해야 하는데
세상은 너무 넓고 공허하여 하루하루의 일상에서 구체성을 띨 수가 없다.
그리하여 세상을 대표(대신)해서 가족이 있는 것이다.
따라서 가족을 위하는 것은 세계를 위하는 것이 되는 것이다.

하지만 이 가족의 사랑은 세계 사랑과 인류 사랑의 한 방편이지,
자기 가족만의 이기애(利己愛)에 지나지 않는, 국한된 사랑이 아니다.
세계 사랑의 방편으로, 가족을 사랑하는 것이고,
그렇게 이웃과 사회, 국가를 사랑하는 것뿐이다.
의식은 저 너머 우주 무한대에 향해진 것이다.

그런데 지금의 가족사랑은 어떠한 것인가?
이웃과 사회는 뒷전이거나 잊어버렸고,
자신의 이기에 다름 아닌 가족애 아니던가?

그렇다면 현금의 가족체계는 해체되어야 마땅하지 않은가?

지금 이미 그렇게 진행되고 있고, 계속 그렇게 진행되어갈 것이다.

이제 앞으로의 생명과학이 이루어낼 기술(복제기술)들은

현금(現今)의 가족관과 윤리관을 송두리째 뒤바꿔놓을 것이다.

새 시대는 새로운 사랑의 질서를 요한다.

새로운 사랑의 관점을 필요로 한다는 것이다.

"나는 가정에 평화를 주러온 것이 아니라 검(싸움)을 주러 왔다."(마 10:34~35)

"내 뜻대로 행하는 이가 바로 내 어머니며, 형제이다.(마 12:50, 막 3:35, 눅 8:21)"

4

현금(現今)의 가족애와 이웃애는 마농의 샘 이야기와 같다.

물이 풍족하지 아니한 산간에서 농부 빠뻬는 야심으로 이웃집 과수원의 샘을 막아버린다. 때마침 그 이웃이 죽고, 그 후손 쟝이 그의 딸 마농과 함께 그곳에 이사와 살게 되는데, 계속되는 가뭄으로 인하여 말 못할 고생을 하고 샘을 찾다가 사고로 처절하게 죽어간다. 샘 막힌 땅을 헐값에 매입하게 됨으로, 마침내 자신의 모든 야심(富)을 이루게 된 빠뻬. 한 가지 언제나 아쉬운 점은 그 모든 것을 함께 할 가족이 그에게 하나도 없다는 것.

시간이 지나고, 쟝이 자신이 젊었을 적 진정으로 사랑했던 여인과의 사이
에서 나온 자신의 친자식이었다는 사실을 뒤늦게 알게 된다.
그리고 얼마 후 그도 죽는다. 대지는 말이 없고 서글픈 음악만이 흐른다.

이것이 프랑스의 아름다운 프로방스지역에서 펼쳐졌던 실화의 이야기다.

이것이 오늘날의 가족애이다.
이기에 눈이 먼 현대인들의 현주소이다.
자기 새끼만 새끼이고, 무엇이 옳고 그른가는 안중에 없다.
모두가 한 조상으로부터 이어진 형제라는 사실을 모른단 말인가?

타인에 대한 자각이 없으면 아직 동물에 속한 사람이다. ●

인간

1

봄 안에 다시 봄이 있듯이
사물 안에 사물(핵심)이 있고,
인간 안에 다시 인간이 있다.

그리고 인간 안에 동물도 있다.

지구가 타 행성과 다른 점이 무엇일까?
외관에서 본 지구는 딱히 다르다할 것이 없다.
더 아름답다고 주장할 이도 있겠지만,
그것은 관점 차를 완전히 극복할 수 없다.
다른 점을 보려면 가까이 다가서야 된다.
그리고 섬세하게 내부를 들여다봐야 한다.

지구가 다른 행성과 다른 점은
그 안에서 활동하는 생명체, 곧 반응체이다.

이와 같이, 인간이 다른 동물과 다른 점은
그 내부에서 예민하게 느끼고 반응하는 감성의 유무이다.
그 감성(들)을 제외하고, 인간이 동물과 다르다 할 수 없다.

인간

도덕에 민감한가!

우주의 뜻을 자각하는가!

아름다움에 반응하는가!

(먹을 것(이기)에 더 반응하는 것 아닌가?)

이타를 자각한 것이 인간의 시작이고,

이타를 완전히 이루는 것이 인간의 완성이다.

2

인간 사회에 '개새끼' 란 욕이 있다.

모든 언어는 의미가 있어 존재하고 유통된다.

인간은 우주의 축소체로, 우주의 모든 것(요소)을 갖고 있는데,

그 중 두드러지게 가지게 된 성향을 비유해서 말하게 된 것이다.

인간 안에 돼지가 있고, 호랑이가 있으며, 양이 있고, 뱀도 있다.

그리고 개도 있다.

개과 동물은 땅 위에서 가장 다양하고 많은 종을 이루고 있다.

크기도 가지가지, 생김도 가지가지, 성질(성격)도 가지가지다.
땅 위에 개과 동물이 가장 많은 수의 종을 이루고 있는 것처럼,
인간 안에는 그와 같은 요소들이 다수 존재하고 있는 것이다.

인간이 우주의 모든 요소들을 생명화하여 오늘에 이른 것이지만,
모든 동물적 근성(이기)을 다 청산하고 인간에 이른 것은 아니다.
동물적 근성을 다 버리지 못하고 남아있는 상태이므로,
인간은 스스로의 존엄성을 다 인정받지 못한 채
그와 같이 동물로 표현된 언어를 곁에 두게 된 것이다.
그러므로 스스로가 이기를 버리고 동물적 근성을 완전히 청산해버리지
않는 한,
인간은 꼬리표처럼 달고 다니는 그 치욕스런 언어를 영원히 떨쳐버리지
못하게 될 것이다.

3

태초의 인간 이야기이다.

태초의 인간이 외쳤다.
"나는 우주의 중심이다! 나는 만물의 영장이다!"
듣고 있던 새끼개가 짖었다.

"네가 우주의 중심이라고? 만물의 영장이라고?
미친! 네가 우주의 중심이란 증거가 도대체 뭐냐!"

…….
인간은 마땅히 대어 할 말이 없었다.

자신이 공룡처럼 큰 것도 아니요,
사자처럼 강한 것도 아니요,
치타보다 빠른 것도 아니요,
새처럼 날 수 있는 것도 아니었다.
거북처럼 오래 살 수 있는 것도 아니고
개미처럼 수(數)를 내세울 수도 없었으며,
학(鶴)처럼 고고하지도 않았다.

인간은 부끄러워졌다.
저들보다 더 치열하게 벌이는 일상의 분쟁,
죽도록 일하고도 얻지 못하는 휴식과 평화 등.
인간은 자신이 우주에서 보잘 것도 없는,
우주의 떨거지라는 사실을 자각하게 되었다.
새끼 개의 비난에 아무것도 반박할 것이 없다는 사실을 알게 된 것이다.

한 가지 내심 굽힐 수 없는 것이 있었다.
그러나 그것은 차마 보일 수 있는 것이 아니었으므로
갈릴레오의 선조답게 그저 중얼거릴 뿐이었다.

"'느끼는 것', '자각하는 것', 그것이 너희보다 앞서!"라고.

인간의 시작은 느끼고 자각하는 것에서 출발한 것이다.

4

예수는 스스로를 칭하여 '인자(人子)'라 하였다.

그럼 왜 그는 스스로를 人子라 칭하였을까?
지금까지 그 이유를 생각하여 안 자는 없다.

일반 기독인들은 그가 하늘의 아들(天子)이면서
겸손하여 그와 같은 호칭을 썼다고 생각하겠지만,
그것은 결코 그렇지 않다.
그는 겸손으로 그와 같은 호칭을 쓴 것이 아니다.

그가 만일 겸손하여 스스로를 人子라 칭하였다면,

그것이야말로 자만과 거만이 아닐 수 없다.

왜냐하면 그 누구도 그를 신의 아들로 생각하지 않았기 때문이다.
'人子'는 '견자(犬子)', '사자(巳子)'의 상대적 개념의 언어이다.
인간은 스스로의 이기를 떨쳐버리지 못하면
동물의 자식을 못 면하는 것이다.

예수는 세상 사람들이 자신의 이기를 벗어나지 못함을 보셨다.
모두 다 이기의 물욕(物慾)과 색욕(色慾)에 사로잡혀
참으로 인간 된 인간은 하나도 없음을 아시고
스스로 세상의 이기를 벗어난 참다운 인간됨을 지향하신 것이다.

그리고 그렇게 참다운 인간이 됨으로써,
스스로를 '人子'라 칭한 것이다. ●

건강

1

연금술은 온갖 물질을 화로에 넣고 풀무질하여 금을 빚는 작업이다.
그것은 또 현자의 돌 메시아가 자신 안의 풀무질로 영원의 건강을 빚는
것이기도 하다.

종교도, 도덕도, 철학도, 예술도, 그 궁극목적은 건강한 한 인간을 내자는
것이다. 순수한 영혼과 건강한 몸의 한 인격체를 내자는 것이다.
그것을 위해 신은 오랜 역사를 두고 인간을 연금하여 온 것이다.

옛님(예수)이 "천국은 마음속에 있다"고 했지만,
그 말은 "천국은 (건강한) 몸속에 있다"는 말과 다르지 않다.
마음은 몸과 일치하는 것으로써, 결국 몸을 통해서(만) 드러나는 것이기
때문이다. 하늘(神)도 몸의 체를 쓴 실체를 통해서만 자신의 모습을 보일
수 있었기 때문에 "나를 본 것은 아버지(神)를 본 것이다"라고 한 것이다.

그러므로 사람은 조건을 보고 사람을 평가하여선 안 된다.
진실(순수)한 모습을 보고 어린아이처럼 반응해야 하는 것이다.
하지만 오늘 시대는 조건을 보는 시대이므로
새날의 님이 다시 와도 그를 알아 볼 수 없다.

2

몸(건강)은 집(주택)과 같다.

균형이 무너지면 건강도 기울기 시작하는 것이다.

반대로, 균형이 무너지지 않으면 건강(수명)은 영원하다(오래 간다).

인간은 태초의 원죄(이기)로 균형으로 가는 길을 잃어버렸다.

균형은 자신의 신체 깊숙한 곳까지 마음을 옮겨,

약하고 그늘진 곳을 일깨움으로 온다.

몸의 노화는 교통체증과 같다.

혈액의 운행이 느려져 노화(병)가 오는 것이다.

혈액의 운행이 느려지는 이유는 신체의 균형이 무너진 곳 때문이고,

신체의 균형이 무너진 것은 몸속의 어둡고 약한 부분을 돌보지 못했기 때

문이다. 몸속의 어둡고 약한 곳에서부터 혈액의 흐름은 약해지고,

그에 대한 방치는 결국 흐름의 마비를 가져오는 것이다.

하나의 실마리에서 모든 체증은 시작되고,

다시 하나의 실마리로 모든 체증은 가시게 된다.

이와 같은 건강은, 몸의 욕구를 죽여 순수한 정신을 이루고,

그 순수한 정신이 다시 몸을 돌아다봄으로써 이루어지는 것이다.

변치 않는 건강(생명)은 변치 않는 정신(순수)에서 온다. ●

행복

1

행복은 모든 존재가 향하는 발걸음이다.

행복이란 무엇이고, 어느 때 오는가?

행복이란 곧 행복감(幸福感)으로, '느낌'을 통해서 온다(이루어진다).
모든 존재는 자신이 가진 느낌을 가지고, 느낌에 따라 자신의 길을 가고
있는 것이다.

재물 '백만 원'이 있는 것으로 행복을 느끼는 사람이 있고, 그렇지 않은
사람도 있다. 그리고 지금 행복을 느끼는 이(그렇지 않은 이도)도 내일엔 또
다르게 느낄 수 있다. 그러므로 행복은 결정된 무엇이 아니고, 순간순간
"어떻게 느끼고 있느냐" 하는 것이다.

행복에 대한 감지(感知)는 고통에 대한 감지(感知)와 같다.
현재 느끼고 있는 고통(아픔)은 더 큰 고통 앞에서 잊힌다.
편안한 순간에는 솜털 같은 가시도 고통스런 통증으로 느껴지고,
급박한 순간에는 대못 같은 가시도 통증으로 느껴지지 않는 것이다.

현대인은 더 큰 행복을 쫓느라 가지고 있는 행복들은 잊어버렸다.

2

행복은 음식에 대해 미감(味感)을 갖는 것과 같다.

행복(더 맛있는 미감)은 더 배고픈 자의 몫이다.

좋은 반찬 또한 행복(미감) 조건의 하나가 되겠지만,
그것은 매일(연속성)을 이루는 조건으로 서지 못한다.
매일을 이루는 행복 조건은 건강과 그에 따른 배고픔이다.
건강을 잃은 자에게는 산해진미도 무의미한 것이지만,
건강을 소유한 자에게는 걸인의 찬도 진수성찬이 된다.
건강한 사람만이 미식(味食)을 갖게 되는 것처럼
건강한 사람만이 행복(幸福感)에 이를 수 있다.

인간은 몸과 마음이 함께 어우러진 존재로
몸 마음이 모두 건강해야 진정한 행복에 이른다.
특히 인간이 가진 영(靈)은 신(神)과 같아
영원성을 지니고, 영원을 향하는 것이므로
자신의 영원성에 대한 답을 갖지 않고는
순간마다 변질되는 육체적 조건의 충족만으로는
결코 만족에 이를 수 없는 것이다.

그러므로 인간은 靈이 원하는 바를 먼저 찾아 이뤄야
비로소 행복에 이를 수 있는 시작을 하게 되는 것이다.

3

존재가 갖는 가장 궁극적인 행복은
참된 자기를 나타내는 것(자아실현)이고,
다시 그것을 알아줄 상대(사랑)를 만나는 것이다.

이것이 존재가 갖는 최종의 행복이다.

그 때문에 신 또한 유구한 노력 끝에 자기를 나타내었고,
그 나타낸 세계를 알아주고 느껴줄 인간이 나온 후에야,
"심히 기쁘도다!"(창 2:31) 하며 안식을 취하게 된 것이다.

인간은 아직 참된 자신을 실현하지 못해
신의 사랑의 대상으로 서지도 못하였고,
자신의 가치를 알아줄 상대(사랑)의 귀중함도 다 모르고 있다.
이 세대에서 자신을 나타낼 수 있는 것은 돈 뿐이고,
그를 알아줄 상대 또한 돈으로 치장할 이 뿐이다.

그것이 자아실현이고,

그것이 사랑인가?

(돈을 구하지 말고) 먼저 그 나라와 그 의를 구하라.

그러면 그 모든 것을 너희에게 더하시리라. (마 6:34) ●

부富와 행복

1

부자와 빈자의 행복 차이는 어떤 침대에서 잠을 자게 된 것이냐의 차이다.
곤히 잠을 잘 수 있다면 그것으로 족한 일이다.

부자와 빈자의 행복 차이는 어떤 점심을 먹고 있느냐의 차이다.
맛있게 먹고, 건강한 몸을 유지한다면 그것으로 족한 일이다.
맛있는 식사는 찬에서 오는 게 아니라, 건강에서 온다.
아무리 많은 반찬의 식사도 습관되면 같아진다.

부자와 빈자의 행복 차이는 어떤 날개(웃)를 걸쳤느냐의 차이다.
행복은 누가 더 멋진 모습을 나타내고 있느냐에 달린 것이다.
어떤 날개(웃)도 균형 잡힌 몸매의 맵시를 따를 수 없다.

2

오늘날의 행복은 그것을 얻기 위해 달리기 경주를 하는 것과 같다.
부자는 단거리를, 빈자는 장거리를 경주하고 있는 것이다.

단거리를 달리는 주자일수록 숨 가쁘고 여유가 없다.
고달플지라도 장거리 주자는 뒤돌아볼 여유를 가진다.

혹, 예정에 없던 일(넘어짐)이라도 생긴다면 어떻게 될까?
어느 쪽 주자가 포기할 확률이 높은가!

3

원래 부(富)란 선(善)이다. 선한 것이다.
富는 바로 '이타에 대한 값' 이기 때문이다.
남을 위해 일한 것에 대한 몫인 것이다.

하지만 지금의 富가 결코 善으로 인정받을 수 없는 것은
그것이 이기가 동기되어 이루어진 것들이기 때문이고,
그로인해 과정의 정당성도 결여됐기 때문이다.
그러므로 '다시 오시는 님' 은 지금의 富를 결코 인정할 수 없는 것이다.
새로운 질서, 새로운 세계 안에서의 富를 그는 인정하고 당부할 것이다.

현재 자본주의의 富와 공산주의의 빈(貧)은 모두 이기에 의한 것들이다.
어느 쪽도 善이 될 수 없다.

이타의 질서 아래 富를 창출하라.
그 세계 안에서 富는 곧 善이다. ●

인생의 목적

1

인생의 목적은 여행이다.

사람은 누구나 여건(시간과 돈)이 되면 여행을 하고자 할 것이다.

은하행성이 중력을 따라 우주공간을 흐르고,

바람구름이 기압을 따라 창공을 흐르는 것처럼,

인생은 사랑과 미(美)의 중력을 따라 흐르는 것이다.

여행은 각각의 기능에 따라

눈으로 하는 여행(視覺여행)과

귀로 하는 여행(聽覺여행)이 있으며,

입이나 감각으로 하는(味覺, 觸覺여행)도 있다.

그리고 연극이나 영화 등으로의 함축된 생에 대한 여행도 있다.

이 모든 것의 공통은 '다양하고 아름다운 조화'이다.

다양하고 아름답게 조화된 그림을 보고자 시각여행을 하는 것이고,

다양하고 아름답게 조화된 음악을 듣고자 청각여행을 하는 것이고,

다양하고 아름답게 조화된 경관을 보고자 관광여행을 하는 것이고,

다양하고 아름답게 조화된 음식을 먹고자 미각여행을 하는 것이다.

인생의 목적은 아름답게 조화된 것을 찾아 떠나는 것이다.

2

인간이 우주 안의 아름다고 조화로운 것을 찾아 움직이는 것은
다시, 그 앞에 아름답고 조화로운 자신을 찾아 이루기 위함이다.

미각(味覺), 시각(視覺), 청각(聽覺) 등 覺으로 이어지는 인간의 기능들은
그 가진 기능으로 하여금 깨달음(覺)을 얻자는 것이고,
그 깨달음(覺)으로 '아름다운 조화'에 이르자는 것이다.

신이 만들어놓은 아름다운 세계를 여행하는 궁극적인 목적은
신이 머물 수 있는 아름다운 자신을 이루기 위함인 것이다. ●

사랑

1

사랑은 이빨과 같다.

유치(幼齒)한 것이 다 빠져야
진정(영원)한 자기 것이 온다.

2

사랑은 코드 찾기이다.
자기와 같은 사람을 만나는 것이다.
"집신도 짝이 있다"는 속담은
"누구나 짝이 있다"는 뜻과 함께,
"아무나 짝이 아니다"라는 뜻을 내포하는 것이다.

영원한 사랑은 결코 쉽게 만날 수 있는 것이 아니다.
영원의 자아실현을 먼저 해야 하기 때문이다.
인간이 영원한 사랑을 쉽게 만날 수 없는 것은,
자신이 변하기 때문이다.
자신 안에 영원의 가치(사랑, 진리, 생명)가 없기 때문이다.
자신 안에 변하지 않는 뜻을 찾아 세워야 한다.
그 뒤에 영원한 사랑이 온다.

3

자신 안에 '변하지 않는 뜻' 을 찾아 세우려면
먼저 자신을 변질시키는 원인에 대해 알아야 한다.

자신을 변질시키는 주체는 남녀가 각각 다르다.
남성에게 있어 그를 변질시키는 주체는 색(色)이고,
여성에게 있어 그를 변질시키는 주체는 돈(物質)이다.

그 두 주체가 이기의 마지막 불순물로
인간의 연금을 방해하는 마지막 장애물이다.

그 두 장막이 인간의 '변하지 않는 본질(영생) 행' 을 막고 있는 장벽으로,
태초, 인간의 에덴 행을 막았던 '그룹들' 과 '두루 도는 화염검' 이다.
남자와 여자가 그들 앞에 놓여진 장벽(색과 돈)을 넘게 될 때
그때 비로소 진정하고도 영원한 사랑의 세계가 전개될 것이다.

이상세계 理想世界

1

이상세계는 곧 사랑(이타)의 세계이다.
사랑(이타)의 질서가 이루어진 세계이다.

사랑의 질서가 이루어진 세계는
양심으로 운영되어지는 세계이다.
물리의 세계가 법칙에 의해 이루어지듯이,
내면의 세계도 법칙에 의해 이루어진다는 것을 아는 세계이다.

몸과 마음이 다르지 않은 것처럼 정신세계와 물질세계는 다르지 않다.
인간의 외적 활동이 물질(돈)의 유통에 의해서 교류되는 것처럼
인간의 내적 활동 또한 사랑의 유통에 의해 윤활(潤滑)되는 것이다.

사회활동에서 돈이 흐르지 않으면 경제가 힘들어지듯이,
인간활동에 있어서도 사랑이 흐르지 않으면 삶이 힘들어지게 된다.

모든 흐름에는 한 가지 법칙이 있다.
바로 이자가 더해져야 한다는 것이다.
이자가 더해지지 않으면 흐름이 약해지고 줄어들며,
결국 중단되고 끝이 난다.

돈이 교류되면서 이자가 붙여지듯이,
사랑도 교류되면서 이자가 붙여져야 하는 것이다.

전자는 사회의 객관적 약정에 의해 이루어지는 것이고,
후자는 양심의 주관적 약속에 의해 이루어지는 것이다.

이때, 양심의 주관적 약속은 사회의 객관적 약정보다 우선한 것이다.
그러므로 타인에게 무언가를 받았다면 그때 마음속에 약정된(새겨진),
"그에게 더 많은 것을 돌려주겠다"는 양심의 약속을 잘 이행해야 한다.
그 약속 이행은 은행(bank)과의 약정이행보다 더 철저한 것이어야 한다.

이상사회는 이렇게 마음(양심)의 약속에 의해 운영되는 사회이다.
바로 사랑(이타)의 질서가 이루어진 세계이다.

2

이상세계는 자유와 평화가 이루어진 세계이다.

자유와 평화는 서로 이질적인 요소의 것으로써,
양심의 윤활이 없으면 상존될 수 없는 것이다.

양심 없는 자유는 필연적으로 혼란을 불러오고

제재와 억압을 불러오며,

투쟁과 전쟁을 불러오는 것이다.

그러므로 이상세계는 양심에 의해서만 성사될 수 있다.

양심으로 운영되는 자유와 평화의 세계,

이것이 인류가 소망해 온 이상세계이다.

전 인류가 같이 춤추고 노래하는 세계

그것이 인류가 소망해 온 유토피아아이다.

3

이상세계는 '구원'이 이루어진 세계이다.

개인에 있어 구원은 '참 건강(웰빙)을 이룬 상태'이고,

세계에 있어 구원은 '참 건강을 이룬 상태의 사회'이다.

건강은,

몸 안의 어둡고 소외된 곳을 일으켜 균형을 세움으로써 오는데,

건강을 이룬 몸 안에는 깨끗한 혈액이 쉬지 않고 흐르게 된다.

그 혈액을 통하여 영양과 산소가 온 몸에 전달되는 것이다.

그와 같이 구원은 세계가 창출하는 부와 경제가 사랑의 체제를 통하여
세계의 구석진 곳까지 쉬지 않고 전달되게 함으로써 이루어지는 것이다. ●

이 세상에서 가장 중요한 일

1

이 세상에서 가장 중요한 때는 지금이고,

가장 중요한 사람은 지금 곁에 있는 사람이며,

가장 중요한 일은 지금 곁에 있는 그 사람에게

'선을 행하는 일'이라고 톨스토이는 말했다.

오늘날 인류가 그 철학자의 말에 전적으로 동의할 때,

"선이란 대체 무엇일까?" 하는 것을 명확히 할 필요가 있다.

명확하다는 것과 그렇지 못하다는 것은 엄청난 차이를 불러온다.

병(병균)을 명확히 아는 것과 그렇지 못한 것의 차이로 생사를 가를 수 있고,

죄(악)를 명확히 아는 것과 그렇지 못한 것의 차이로 천국과 지옥을 오간다.

'선'을, '선행을 행하는 것'이라고 생각한다면 그것은 선을 잘못 아는 것이다.

선행을 하는 것이 선이라면 이 세상 아무도 선한 자가 되지 못할 것이고,

이 사회 또한 영원히 선의 사회가 되지 못할 것이다.

'지금 만나게 된 그 사람에게 선을 행하는 일'이란

다름 아닌, 만난 그 사람에게 '해를 주지 않는 일'이다.

"우리를 반대하지 않는 자는 우리를 위하는 자이다."(막 9:40)

2

인생은 운전(교통)과 같다.

교통은 다른 사람에게 선을 베푸는 것으로 이루어지는 것이 아니다.

자신의 갈 길을 가되, 타인의 운행에 방해가 되지 않아야 하는 것이다.

남에게 해를 주지 않는 것이 바로 그에게 선을 행하는 것이 되는 것이다.

그러므로 '지금 만나게 된 사람에게 선을 행하는 최선의 일'은

그 사람에게 누(累)가 되는 건 아닌지 자신을 반성하는 일이다.

자신의 행동을 반성하는 것이야 말로 모든 선의 기초이다.

만약,

지금 곁에 있는 사람에게 선을 행하는 것만이 선이라고 한다면

지금 만난 사람이 측면이나 후면을 통해 만난 것일 수도 있고,

한 사람이 아닌 다수의 사람과 만나게 된 것일 수도 있으며

또 잠깐 스치거나

내가 지나간 자리를 타인이 찾아와 이루어지는 간접 만남일 수도 있는데,

이때 무엇으로 그 모든 사람들에게 다 선을 행할 수 있다는 말인가!

그러므로 선이란 자신의 생활을 반성하는 것이다.

타인을 의식하고 있는가? 그렇지 않은가!

타인을 배려하고 있는가? 그렇지 않은가!

이 세상에서 가장 중요한 일은
타인을 위해 자신을 성찰하는 일이다. ●

여성

1

여성은 우주의 음(陰)이 대표되어 나타난 존재로,

여성을 알면 우주의 절반을 아는 것이고,

그 반을 알면 나머지 절반도 알 수 있게 된다.

남성은 늘 여성을 생각한다.

그 한편, 신 앞에 여성이다.

여기서 여성은, 주체와 대상에서의 대상을 말한다.

하늘과 땅을 말함에 있어 하늘은 주체이고, 땅은 대상이다.

신과 인간의 관계에서 신은 주체이고, 인간은 대상이다.

인간과 만물과의 관계에서 인간이 주체이고, 만물은 대상이다.

남자와 여자의 관계에서 남자는 주체이고, 여자는 대상이다.

개체(몸 마음)의 관계에서 마음은 주체이고, 몸은 대상이다.

이 주체와 대상의 관계는 구분해 놓은 위치가 그렇다는 것이고,

실상에서는 딱히 정하여 주체라, 대상이라 구분할 수 없다.

이 둘(주체와 대상)은 서로 주고받는 작용으로 돌고 돌게 되는데,

이 구형운동으로 각자의 위치가 시시각각 뒤바뀌게 되어

주체도 대상의 입장에, 대상도 주체의 입장에 각각 서게 되는 것이다.

나라와 백성, 임금과 신하, 부모와 자식, 형과 동생, 스승과 제자 등등….
무엇이든지 존재는 항상 이와 같은 구조와 형태를 띠고, 그에 따르는 작
용을 한다.

여기서 여자에 대해서 말함은 대상적 위치인 여자를 이해함으로써
신에 대해 대상(여자)적 위치인 인간을 되돌아보자는 것이다.
여자란 저 너머보다 눈앞 즉, 현실을 보는 존재이다.
눈앞의 것(현실)을 치밀하게 계산할 줄 아는 존재요,
반면, 저 너머의 것(이상)을 망각하기 쉬운 존재이다.
하늘에 대해 여성격인 인간은 이처럼
다가오는 내일의 하늘 뜻을 잘 보지 못하는 핸디캡을 가지고 있다.

오늘날의 세상은 여자가 남자를 발로 차는(업신여기는) 세상인데,
그것은 바로 현실(돈) 때문이다.
옛날 옛적부터 오늘에 이르기까지 여자가 남자를 차는 이유는
다 현실(돈)의 연유에 의한 것이다.
인간이 신에 불평하는 이유도,
몸이 마음에 불복종하는 이유도,
백성이 정부에 소동하는 이유도,
히브리 노예들이 모세에게 불평했던 이유도,
다 눈(현실)앞의 어려움 때문이다.

개인의 몸 마음에서,

남녀의 결혼생활에서,

국가의 정부와 백성에게서,

세계와 우주에 이르는 크고 작은 문제가 모두 여기서 비롯된다.

이 문제를 어찌해야 할 것인가.

이것은 물리세계의 법칙을 공부하듯 분석하고 또 분석하여야 한다.

물리세계와 마찬가지로, 내면세계도 법칙으로 이루어지기 때문이다.

내면의 법칙은 대상에게 순종을 요구한다.

불평을 금하라는 말이 아니다.

주체가 옳고 대상이 그르다는 말이 아니다.

주체가 대상에게 순종을 요구함은 그 최종적인 시점,

마지막 고비의 '통로(痛路)'에서 복종이 필요하기 때문이다.

오늘의 밥걱정을 하지 않을 수 없고, 잠 걱정을 하지 않을 수 없다.

그럼으로 바가지소리가 나오고, 불평소리가 나올 수 있다.

하지만 지켜야 할 마지막 선이 있는 것이다.

가나안 입성 앞에서 "뜻대로 하옵소서" 하는 순간이 있어야 하는 것이다.

호랑이처럼 성질에 못 이겨 동굴을 박차고 나오면 안 되는 것이다.

신의 명을 따라 오늘의 자신을 죽여야 한다.

마음의 명령을 따라 몸의 욕구를 죽여야 한다.

남편의 뜻을 따라 여성의 욕구를 자제해야 한다.

임금의 뜻을 따라 백성의 불평을 멈춰야 한다.

오늘은 이러한 것들이 모두 뒤바뀐 세상이다.

사탄이 임금이 된 세상이기 때문이다.

말세이기 때문이다.

되풀이 되는 역사라 했다.

되풀이하면서 또 한 단계 넘어가는 역사이다.

우주의 주기는 자연적으로 넘어가지만,

생명의 주기는 의지에 의해 넘길 수 있다.

오늘을 사는 여성으로서의 인류는 두 눈을 딱 감아야 한다.

지금은 새 생명으로 향하는, '고통의 경계'를 지나는 때이기 때문이다.

2

이 세상에는 두 종류의 여자가 있다.

자신이 지닌 가치보다 낮은 평가를 하고 살아가는 여자가 있고,

자신이 지닌 가치보다 높은 평가를 하고 살아가는 여자가 있다.

이것은 물론 남자도 마찬가지이다.
인간은 신(神) 앞에 여자라 하지 않았던가!

자신을 자신이 가진 가치보다 낮게 생각하고 사는 사람은
자신 안에 값지고 아름다운 진주(보석)가 있음에도 불구하고,
지니고 있는 작은 흠(단점)을 크게 부끄러워하여 스스로를 낮춰 잡은 것이
다. 반면, 자신을 자신이 가진 가치보다 높게 생각하고 사는 사람은
지니고 있는 장점을 클로즈업하여, 자신의 단점에 대해선 잊은 경우이다.

흰 벽에 검은 점이든, 검은 벽에 흰 점이든 티가 되는 건 마찬가지다.
하지만 그날에는 그렇지 않다.
자기가 가진(이룬) 만큼의 제값을 찾는 것이다.
천국은 좋은 진주를 구하는 장사와 같아서(마 13:45),
새 날의 님은 자신 안에 진주 같은 보석을 가지고 있으면서도 소외(천대)받
고, 스스로 부끄러워하고 있는 그 겸손한 여인의 손을 들어올려
자신의 비단 수레 위에 앉히시는 것이다.

그날에는 그렇게 알곡과 찌꺼기를 갈라내어
풀무의 불에 던져 넣으시는 것이다. (마 13:50) ●

얼굴

얼굴은 얼의 꼴로 그 사람의 얼의 꼴이 나타나 있는 것이고,
다시, 얼굴은 얼의 골로 그 사람의 내면이 스며있는 얼의 골짜기다.

오늘의 물질만능 사회에서, 물질의 총아적인 주체로서의 현대 여성들은
자신들의 배우자 선택 조건에서 더 이상 얼굴(외모)을 보지 않게 됐다.
경제적 조건(돈)이 되면 외모는 갖춰지지 않아도 상관없게 되었고,
반면, 경제적인 조건이 갖춰지지 않으면 상대의 외모 따위는
쳐다볼(고려해볼) 가치조차 없는 것이 된 것이다.
이렇게 물질에 의해 여성들의 마음은 움직여지고,
그 여성들에 의해 남성들의 마음은 움직여지게 되어,
이 사회는 모두 물질에 의해 움직여지는 물질주의 사회가 된 것이다.

물질의 본질은 이기이고, 정신의 본질은 이타이다.

물질이 낳은 이기에 의해 몰고 몰리는 사회,
이것이 사탄이 중심된 물질만능 사회의 실상이다.

얼이 밥 먹여주지 않는데,
얼의 골짝 따위를 놓고 상대를 택할 필요가 무어냐고 현대 여성은 말할
것이다. 하지만 얼을 빼놓고는 행복을 이룰 수 없는데 어찌할 것인가.

얼을 빼놓고 행복할 수 있다면 그것은 짐승이나 동물뿐이다.

동물은 몸을 위한 재료(먹이)만으로 충분히 만족하는 것이다.

인간은 배부른 돼지보다 배고픈 소크라테스를 선택하는 것이다.

하지만 이 시대 여성은 그와 같은 현자들의 외침은 다 잊어버렸다.

그래서 옛날 그때와 같이 열 남성은 있되, 한 여성은 없게 된 것이다.

2

사랑은 눈에 콩깍지가 씌게 되는 것이라 했다.

자신 안에 씌워진 콩깍지 때문에 상대를 정확히 보지 못하게 되는 것이다.

현대 여성들은 자신들 마음에 씌워진 물욕의 콩깍지로 인해

물질적 조건을 갖춘 상대는 모두 멋지게 보여 지게 됐으며,

그에 따라 자신의 재산(몸)을 내맡기는 세태를 이루게 되었고,

반면 물질적 조건을 못 갖춘 상대는 모두 추하게 보여,

그가 어떤 영혼의 소유자인지는 알 필요도 없이 기피하게 되었다.

그야말로 얼빠진 세태가 된 것이다.

사실, 이 세대의 여성들이 물질을 더 중요한 가치로 여기게 된 것은 이유가 있다. 외모가 물질보다 더 오래가지 않는다는 걸 체득으로 알게 된 것이다.

존재는 보다 영원한 것을 따르고 추구하는 것이다.

여성은 외모가 주는 충족이 순간적인 것에 불과하다 는 걸 알게 되므로 상대적으로 더 영원한 것이 된 물질적 가치로의 충족을 따르기로 한 것이다.

얼굴은 세월에 의해 기울어간다.
몸이 세월에 의해 기울어가는 것과 맥을 같이한다.
(얼굴은 몸의 축소체로, 몸의 상태를 나타내고 있는 것이다)
얼굴과 몸의 미(美)는 균형에 의한 것으로서,
한 때 눈부신 외모로 순수한 소녀의 마음을 끌어당겼던 소년의 미는 바로 균형이었다. 하지만 길지도 않은 세월에 그 균형들은 무너지고, 물질적 가치는 여전한 것이 됨으로써 옛 소녀가 따랐던 미적 가치는 허망하고 철 없는 것이 되었던 것이다.
뿐만 아니라 그렇게 무너져버린 옛 소년의 균형은
그 소녀가 우습게 생각했던 타(他) 소년의 불균형보다도
상대적으로 더 크게 무너지는 것이 되어, 더 큰 불균형을 이루고 실망을 주게 됨으로, 상대의 외모적 조건 따위는 고려해 볼 가치가 없는 것으로 인식하기에 이른 것이다.이렇게 하여 현대 여성이 물질 조건을 우선하게 된 것은 당연스러운 것이 된다.

하지만 그렇다하여도, 진리는 변하지 않는다.
무엇을 우선해야 할 것인가는 언제나 자명한 것이다.

새 시대는 웰빙의 시대이다.

참 건강의 시대가 오는 것이다.

참 균형, 변치 않는 균형의 시대가 오는 것이다.

이제 이 시대는 이타와 선행으로 자신의 얼을 아름답게 할 것이다.

이기와 악행으로 자신의 얼을 추하게 하지 말 것이다.

새 시대는 그 '얼'이 주는 가치가 물질이 주는 가치보다

더 영원한 것이 될 것이기 때문이다.

새 시대는 변치 않는 정신의 태양이 떠오르는 시대이기 때문이다.

오늘 있게 된 '욘사마' 열풍현상은 우연한 일이 아니다.

일본 옛 소녀들의 순수한 마음에서 발로된 그 현상은

새 시대에 가치를 선보여주는 신의 뜻인 것이다. ●

교육 敎育

오늘날 교육은 경제적 부(富)의 창출에 그 역량이 집중되어 있다.
'교육헌장'에서의 '저마다의 소질개발'은 이제 의미가 없어졌다
오로지 '공무원 진출'과 '대기업 진출'이 '교육헌장'이 된 것이다.
하지만 오늘의 세계 문제는 더 이상 富의 부족이 문제가 아니다.
오늘 인류 행복이 富가 모자라서 행복이 모자란 게 아니고,
기술이 미달되어서 행복조차 미달된 게 아니다.

오늘의 인류는 인류가 처음 자각함으로 자신을 이뤘던
자신에 대한 정체성을 잃어버림으로써 행복을 잃어버린 것이다.
즉, '이타'에 대한 관념을 잊음으로써 행복을 잃어버린 것이다.

인간의 행복이 핸드폰 화소가 많아지는 것으로 성사되지 않고,
티브이 화면 인치가 커지는 것으로 이루어지지 않는다.
행복은 순간순간 속의 이타적 인격에 의해서 성사되고,
불행 또한 순간순간의 이기적 인격에 의해서 유발된다.

이것이 부정할 수 없는 사실이라면 교육은 이제 달라져야 한다.
이제 교육은 '이타적 인격'에 초점되어져야 한다.
남을 생각하고 배려하는 인격 양성에 그 역량이 집중돼야 하는 것이다.

이제 '도덕'과 '예절'이 가장 높은 비중으로서의 교과목이 되어야 하고,

그에 따른 '생활 내신'이 입시의 관문에서 가장 중요한 요건으로 채택되어야 한다. 그 도덕과 예절이 시험과목으로서 맞지 않을 만큼 너무 쉬운 형태의 교과(敎科)가 된다 할지라도, 공공도덕과 예절이 청소년기에 습관적으로 몸에 배어, 커서도 자연스럽게 이어질 수 있도록 교육의 구성 속에서 지속적이고, 반복적으로 학습되어져야 한다.

휴지를 버리는 방법,
재활용 용기를 버리는 방법,
껌을 버리는 방법,
화장실을 이용하는 방법,
침을 뱉는 방법,
담배를 피우는 방법,
담배꽁초를 버리는 방법,
문을 닫는 방법,
신발을 놓는 방법,
택시를 잡는 방법,
운전하는 방법 등등….

이 같이, 생활 속에서 순간적으로 이루어지는 수많은 생활양식들이 모두 공공의 의식 속에서 저절로 이루어질 수 있도록 교육되어져야 한다. 이 모든 생활양식은 타인에 대한 의식이 바탕이 돼 있어야 하는 것들이다.

타인을 의식하고 사느냐, 그렇지 않느냐.
타인을 배려하고 있느냐, 그렇지 않느냐.
이것이 교육의 처음이고 마지막이 되어야 하는 것이다. ●

6부

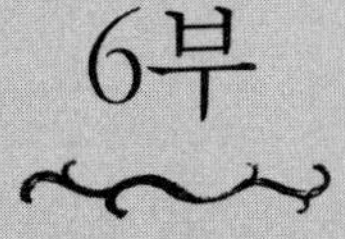

가나안

1

그대는…,

끝이 보이지 않는 아프리카의 평원 사바나에서,

자신들이 생각하는 가나안을 찾아,

기나긴 광야를 거치고, 굽이치는 물살을 헤쳐,

초원 저편으로 이동하는 누우떼를 본 적이 있나요?

어떤 생각이 들던가요?

그 장렬함에 입은 그만 다물어지고,

아, 우리들의 모습과 같구나! 하고 생각이 들지 않던가요?

선조들에게 주마, 약속했다던 그 약속의 땅을 향해

정처 없이 길을 떠나던 옛 히브리 노예들은 어땠나요?

그들은 저들과 또 우리들과 다른 발걸음을 한 것일까요?

안타깝지만, 인류 행로의 모델로 서 있는 저들의 행적은

광야에서 독수리 밥이 되는 것으로 종료되고 말았습니다.

왜 그들은 젖과 꿀이 흐르는 땅에 들어가지 못했던가요?

요단강을 건너지 못했기 때문이지요.

현실을 따졌기 때문입니다.

인류는 지금까지 미지의 그 땅을 찾아 떠돌아왔습니다.

그러나 그 나라가 대체 어디 있으며, 또 어떤 곳일까요?

‘청평이’는 가나안역 난간에 기대어 이 글을 전합니다.

맑은 햇빛이 물위에 반짝일 때,

밝은 달빛이 호수에 출렁일 때,

아비의 밝음이 아들에게서 빛날 때,

이렇듯, 이상의 것이 대상에게서 나타나올 때,

그때가 바로 이상 세계, 곧 가나안에 맞닿아 있음입니다.

그대는 한밤에 하남에서 시작되는 올림픽도로를 따라

잠실, 청담, 여의도, 가양을 거쳐 행주에 이르기까지

한강을 따라 이어진 도심의 한복판을 달려본 적이 있나요?

무엇이 보이던가요?

밤하늘의 은하수가 이 땅에 내려와,

이 땅에 재현되어 있음을 보지 못했나요?

그러나 이것도 ‘청평이’가 아직 광야 노정이고,

가교(架橋)에 불이 켜지기 전인 그때엔 결코 느낄 수 없는 광경이었습니다.

오히려 도심의 이 야경이야말로 혼란과 혼탁의 소돔, 그 자체였었습니다.

나는 옛님의 “천국은 네 마음속에 있다”라는 말보다

더 적절한 방법으로의 그 나라를 설명할 수 없습니다.

나는 고통 속에서 그 나라를 보았습니다.

마치 추운 밤에만 보이는 은하수 저편의 별들처럼….

하지만 그대는 옛 히브리 노예들과 같이
자신 안에 있는 요단강을 건너야 합니다.
현실을 넘어 고통의 강을 지나와야 합니다.
그렇지 않고 그 나라에 들 수 없습니다.

역사는 지나간 일이 아니라 현재의 일이며,
미래에도 다시 넘어야 할 일인 것입니다

2

알파와 오메가, 시작과 끝은 같다.
시작은 어떤 한 끝이고, 끝은 어떤 한 시작이다.

가나안은 존재가 마지막에 닿는 미지의 세계지만,
이미 우주 처음부터 있었던 세계이다.
'폭발' 이 바로 의지의 발현이었던 것이다.

처음 우주는 공허의 끝에서 '폭발' 에 의해 빛의 새 세계로 나아갔다.
그 폭발은 오랫동안 축적된 의지의 행로 끝에 생긴 '자기 부정' 현상으로,
모든 존재는 수고로운 자신들의 노력 끝에서 폭발(자기 부정)을 통해,
새로운 빛의 세계(진화)로 나아가는 것이다.

'폭발'은 소용돌이 속(어둠과 혼란의 극)에서 전개되는 '자기 포기'와 '자기 부정' 현상이다. "죽고자 하는 자는 살고, 살고자 하는 자는 죽는다"는 성현의 말이 적용되는 순간이다.

가나안은 이처럼 자기 부정을 통하여서만 도달할 수 있는 약속의 땅이다. 광야의 맨 끝처럼, 앞으로 나아가는 길 맨 끝에 요단강이 가로누워 있고 오직 죽고자 하는(자기 부정 - 폭발) 자만이 그 강을 건널 수 있는 것이다.

애굽을 떨쳐서 광야를 지르고, 요단을 건너야만 갈 수 있었던 땅 가나안. 히브리 노예들은 현실(이기)을 넘어서지 못함으로 그 땅에 가지 못했다.

3

지금까지 인류는 가나안의 이상 세계를 향해왔다.

그 나라는,
애굽 – 죄악(이기) – 을 떨치고
광야노정 – 이타를 실천하는 과정 – 을 거쳐
요단강 – 이기의 마지막 경계, 색욕과 물욕 – 을 건너야 이른다.
양심을 저버린 채 현실을 따져서는 그 나라에 이르지 못한다.
이기적인 일체의 모든 것을 하나도 남김없이 던져버려야 한다.

존재가 이상향에 닿는 것은 로켓이 달나라에 닿는 것과 같다.
자기 몸을 불태워 지구 자장(대기권) 가까이에 나아가고,
자장을 벗어나 무중력(자유)의 세계로 가는 마지막에는
자신의 남은 몸통(현실) 모두를 버리고 치솟는 것이다.

이러한 노정은 태초에 생성되어진 공식(자연법칙)으로서,
모든 존재가 새로운 세계로 향할 때(진화)마다 가졌던 공식이다.

가나안은 고통의 끝자락에서 열리는 낙원의 과실이다.
고통이 클수록 그 낙원에 놓인 과실 또한 크고 달다.
어떠한 열매도 이러한 과정 없이 나오지 아니하고,
어떠한 존재도 이러한 과정 없이 생겨나지 아니하였다.
모든 진화는 생명에 생명을 넘는 고통 속에서 이루어진 것이다.

이와 같은 진화 행렬의 맨 끝에 인간이 있고,
지금은 그 인간 발걸음의 ‘어느 시점’ 이다.

새로운 인간이 온다.
새로운 세계가 온다.

변하지 않는 진리,

변하지 않는 순수로,
변하지 않는 생명을 잉태하라.

진리와 순수의 길은 고통이지만,
그 고통 끝에 영원의 선물이 있다.

새 시대의 가나안은 새로운 인간을 기다리고 있다. ●

신화 神話

예부터 인간이 간직하게 된 이야기 속에는 우주사(宇宙史)가 포함되어 있다. 세상의 시작과 전개와 결말이 어떻게 된다는 내용이 함축되어 있는 것이다. 그것은 인간이 꾸며서 이루어진 것 이전에, 우주가 자신의 본질을 나타낸 것으로서 인간이 자연과 같이 자연의 일부분이었을 때 자연으로 알게 된 이야기인 것이다.

인간이 갖게 된 이러한 신화적 관념은 아주 오래전부터 시작된 것으로, 나타나서(起), 성장하고(承), 전개되고(轉), 마침하는(結) 존재의 원리가 녹아진 것이다. 그러므로 신화는 실재하는 인간 역사보다 더 보편적이고 사실적인 이야기이다.

'단군신화'

대한민국의 건국신화인 단군신화는 일부 종교인들에 의해 부정되고 있다. 그것은 그들의 편협된 신앙의 현주소를 보여주고 있는 것에 다름 아니다. 단군신화는 존재의 본질에 대한 것을 보여주는 존재의 모델과 같은 것이다.

곰이 동물 지경(地境)을 넘어 인간을 꿈꾸고,

그 목적을 위해 자신에게 놓인 과제를 극복하는 일은

인간과 모든 생명이 가는 행로의 모델이 아닐 수 없는 것이다.

태초 동물 지경의 끝에서 곰과 호랑이가 인간이 되기를 소망했을 때신(환웅)은 (모든 존재에게 그러하듯) 그들에게 한 가지 과제를 주게 된다.

쑥과 마늘로써 백일(百日)간을 동굴에서 견뎌야 한다고 한 것이다.

곰과 호랑이는 인간이 되는 게 자신들 제1의 소원이었으므로

주어진 과제를 따라 쑥과 마늘(고통)로써 백일을 감내하고자 하였다.

하지만 호랑이는 자신의 급한 성질 때문에 그 과정을 통과하지 못하고

곰(熊)만이 묵묵히 그 과제를 통과하여 인간(熊女)에 이르게 된 것이다.

그 고통의 과정을 통과한 존재가 바로 대한민국의 조상이 된 것이다.

이 이야기가 자신들 신앙기대(信仰基帶)에 해가 되는가?

이것이 자신들 믿음과 다른 것인가?

이것이 자신들 믿음의 선조(히브리 노예)들이 걷던 발걸음과 다른 것인가?

그렇게 믿는다면 단군상(檀君像)이 아닌, 자기 우상(偶像)을 먼저 철폐하라!

하늘은 우주의 자연 법칙인 고통의 과정을 동반하지 않는, 그 전개는 펼치지 않는다. ●

설화說話

인류가 갖게 된 이야기 중에는 신화와 같이 설화가 있다.

설화는 사람들이 유구한 시간 속에서 갖게 된 신앙으로써

하늘(神)이 믿지 않는 자(비종교인)에게 준 경전(經典)이다.

설화는 신화보다 더 구체적인 삶의 이야기를 담고 있다.

하지만 둘 다 어떤 시작과 과정, 결말을 이야기하는 것이다.

등장하는 인물들은 모두 비슷한 모습의 형태를 띤다.

어느 쪽에서 바라본 것인가에 대한 관점이 다를 뿐이다.

거지 소년 쪽에서 바라본 소녀의 모습은 공주이고,

거지 소녀 쪽에서 바라본 소년의 모습은 왕자이다.

진정한 사랑 앞에선 자신이 작아지는 것이다.

'미녀와 야수'

야수는 원래 왕자였지만 마법에 걸려 야수가 된 것이다.

사람들은 모두 그의 외모(조건)를 혐오하여 가까이하지 않지만,

오직 미녀만은 그의 외모(조건)를 보지 않고 그의 내면을 본다.

그녀는 야수의 불쌍한 처지를 생각하여 그 친구가 되기를 마다하지 않고,

더 나아가 아무 조건 없이 그에게 자신의 입술을 허락하게 된다.

여성이 보잘것없는 남성에게 자신의 신체 일부를 허락하는 일은

그것이 입술에 불과할지라도 그것은 포시(布施) 중에 布施가 된다.

그 숭고한 사랑으로 인해 왕자는 마법에서 풀려나게 된다.

역사는 재현되고, 속담은 이루어진다고 했는데
오늘에 있어 그러한 여성이 있는가?
한 남자는 있으되, 한 여자는 없도다!

오늘에 있어 야수는 빈자(貧者)이다.
그가 아무리 못생기고 뚱보일지라도 돈 있으면 야수가 아니다.
야수가 아닐 뿐만 아니라, 오히려 미남이다.
돈 있으면 계집(女)은 붙는다.
결코 외면하지 않는다.
이 세대는 깜깜한 물질의 세대이다.
정신의 불이 꺼져버린 세대이다.
아무도 야수(빈자)에게 입술을 허락하지 않는다.
오늘에 있어 빈자는 야수 중에 야수이다.

'콩쥐팥쥐'

콩쥐팥쥐 이야기는 서양의 '신데렐라'와 같은 맥락의 내용이다.
다른 것이 있다면 한국의 신데렐라인 콩쥐는 비운의 주인공으로서,
팥쥐에 의해 우물에 빠쳐 죽는 것으로 결말을 내고 있다는 것이다.

지금 하는 (아래의) 이야기는 21세기 진화된 시대의 콩쥐 이야기이다.

21세기 원님은 그의 신부(콩쥐)는 어떤 모습으로 나타날지에 대해 알고 있었다. 자신의 거지 행색에 준하는, 힘든 과정을 거쳐 오리란 것을 알고 있었던 것이다. 그래서 그는 타고르의 가슴을 통해 나온 연시(戀詩)를 갖고 날마다 눈물로 읊고 있었다.

내 사랑이여,
당신은 그 많은 사람들의 그늘 뒤 어디에 계십니까?
저들은 티끌 이는 이 행길 거리에서 당신을 몰라보고 떠밀고 지나쳤습니다.
내가 여기서 당신께 드릴 선물을 펴놓고 지루한 시간을 기다리고 있는 동안, 오가는 길손들이 내 꽃을 한 송이, 두 송이 다 가져가버리고
이제는 거의 빈 바구니만 남았습니다.
아침이 지나고, 낮도 지났습니다.
저녁 그림자가 거리에 내릴 때 내 눈은 피곤에 지쳐 좁니다.
집으로 돌아가는 사람들이 나를 보고 입을 비죽이며 웃습니다.
무얼 하느냐! 왜 앉아 있느냐! 누굴 기다리느냐!
나는 거지 처녀처럼 눈을 내리깔고 얼굴을 치마폭에 묻은 채, 아무 말을 않습니다.

오, 참말.

내가 어떻게 당신을 기다린다고,

당신이 오시마하셨다고,

지키고 있는 이 가난이 바로 당신께 시집갈 미천이라고,

부끄러워 답인들 하오리까.

난 이 비밀을 가슴속에만 묻고 있습니다.

난 다시 저만큼 비켜 앉아, 당신이 오실 때의 영광을 꿈꿉니다.

그 때 눈부신 빛 속에, 당신이 타신 수레의 비단기는 날리고,

당신이 그 자리에서 내려와 티끌 속의 이 나를 건지십니다.

여름날 서늘함 밑으로 기어드는 벌레처럼, 부끄러움과 설렘으로 떨고 있는

이 누더기 계집을 당신이 그 옆에 앉히실 때, 저들은 이제 입을 벌리고 놀

랍니다.

그러나….

그러나….

시간은 지나가도 당신의 수레소리는 들리지도 않습니다.

여러 행렬이 지나가며, 소리소리 떠들고 자기들 영광을 자랑하면서들 갑니다.

그러면 당신은 또 그것들이 싫어서 사람들 틈으로 숨어버리십니까?

난 그저 또 울고,

기다리고,

쓸데없는 고대에,
애만 태우고만 말 것입니까?

그렇다.

21세기 원님은 그녀가 힘든 과정을 거쳐 오리란 걸 알고 있었다.

하지만 계모와 그 딸들이 치는 연막 때문에 그녀를 볼 수 없었다.

이 이기적인 악마의 세계와 그 질서 때문에 그녀를 볼 수 없었다.

그러니 다시 오시는 그 원님이 이 세계를 놓고 어찌 가슴 치며 한(恨)하지

않으랴!

예수가 죽은 것,

콩쥐가 죽은 것,

이것보다 더한 비극은 없다.

이기가 전무(全無)한 자의 죽음은

이기가 남아진 자의 죽음의 억만의 값으로도 대신할 수 없는 슬픔이다.

이기가 전무한 물질(황금)의 잃어버림은

이기가 남아진 물질(금속)의 일정량으로 그 값을 대체할 수 있지만,

이기가 전무한 자의 생명은 이 지구상에 오직 그 하나밖에 없기 때문이다.

다음은 이 시대의 콩쥐가 그 반대편에서 읊고 있던 연시이다.

그녀 또한 이편에서 그를 생각하며 똑같이 눈물로 연시를 읊고 있었다.

아흔 여섯 방울의 눈물

난 먼 곳에서 너를 지켜보고 있었다.
너에게 내 모습 들키지 않길 바라면서,
난 먼 곳에서 널 몹시 그리워하고 있었다.
바람이, 바람이 내가 서있는 숲의 나뭇잎새를
술렁술렁 흔들어놓고 있었다.
지나간 나의 모든 이야기가 갑작스레 낯설다
그리고 세상에서 내가 가장 작고 초라하게 여겨진다.

너와 함께하고픈 이 내 마음이여!
이것만이 진실이라고, 살아있음이라고 느껴지는데…….
하지만 너는 나를 모른다.
밤새운 아흔 여섯 방울의 눈물로 서있는 나를,
너는 모른다.
나는 갈수록 너를 사랑하는데
나는 점점 더 깊은 숲 속으로 몸을 숨기는데
네가 내 모습을 어서 찾아내주길 기대하면서도
내 발걸음은 나도 모르게 내 뜻을 배반한다.

언뜻, 너의 집 하얀 나무 창문 흰 커튼 사이로
너의 모습이 스치듯 지나간다.
나는 가끔 이런 식으로 너를 만나고 있지
숲 속의 작은 새처럼,
단 하나의 숲밖에는 알지 못하는
그것만이 모든 세계인 줄로만 아는 아주 어린 새처럼
지금 내 영혼은 너의 사랑이라는 숲에 갇혀버린 채,
아흔 여섯 방울의 눈물로
가만히 서있다. ●

신데렐라

신데렐라는 한국의 콩쥐팥쥐와 같은 내용으로,
세계적으로 가장 널리 알려진 내용의 이야기이다.

내용은 신데렐라가 의붓어머니와 그 언니들 밑에서
온갖 미움과 학대를 받으며 고통 속에서 지내다가,
마침내 백마 탄 왕자를 만나게 된다는 이야기이다.

하지만 오늘날까지 인류는 그 반대편 이야기는 들어본 적이 없다.
이쪽에서 신데렐라가 고충에 버거운 인생길을 걷고 있을 때,
저쪽에서 오는 백마 탄 왕자는 대체 무엇을 하고 있었단 말인가?

이편의 신데렐라가 눈물겨운 고통의 길을 걷고 있었다면
저편의 왕자 또한 눈물의 고통 길을 걷지 않을 수 없는 것이다.
사랑은 일방적인 것이 아니고, 그렇게 이루어질 수도 없다.
설사 이루어진다 하더라도, 그것은 불행한 것으로 결말 된다.
절대 영원으로 이어질 수가 없는 것이다.

예쁜 미모의 여성이 신데렐라 하나뿐이었을까?
그(왕자)가 단지 신데렐라의 외모에 반한 것이라면,
그는 얼마 안가서 또 다른 미모의 여성에게 반하게 될 것 아닌가?
그렇다면, 왕자가 신데렐라의 외모를 보고 선택한 것이라면,

그 왕자의 선택을 받은 신데렐라가 무슨 행복의 상징이 된다고
그 이야기가 오랜 역사 속에서 인류의 가슴을 타고 전해왔을까?

왕자는 신데렐라의 외모에 반한 것이 아니다.
그는 그녀의 깊은 영혼의 세계를 알아본 것이다.
고통 속에서 자라고, 그러면서도 착함을 잃지 않고 간직한
그 맑고 순수한 영혼의 아름다움과 아픔을 알아본 것이다.

그것은, 그 역시, 그와 같은 코드의 영혼이었기 때문이다.
그 역시 삶의 뒤안길에서, 눈물의 과정을 거쳐 왔기 때문이다.

신데렐라의 유리 구두는 일반의 유리 구두가 아니다.
신데렐라의 투명한 유리 구두는 투명한 영혼 코드로서의 유리 구두이다.
다른 여자들은 모두 허영(욕심)이 커서 그 구두가 맞지 않았던 것이다.
이기가 없고 심령이 가난한 신데렐라만이 그 코드에 꼭 맞았던 것이다.

설화 속의 왕자는 사람들이 알고 있는 것처럼
부귀영화를 몰고 오는 물질계의 왕자를 의미한 것이 아니다.
고통 속의 연금을 이루고 오는 정신계의 왕자를 의미한 것이다.
부귀영화는 선택이지 필수가 아니다.
필수는 착함과 순수, 그리고 진실이다.

오늘의 신데렐라 길은정은, 동양의 콩쥐처럼 비운의 신데렐라가 되어 죽었다. 사회 부모(세상의 임금, 사탄)와 그 밑의 언니들(사법, 언론, 의학)에게서 부당한 대우와 학대를 받고 고통 속에서 신음하다 죽은 것이다.

이천년 전에 왕자(예수)가 그랬듯이,
오늘날에 다시 벌어진 이 가슴 아픈 비극을 어찌할 것인가!

어찌할 것인가!! ●

양치기 소년

오늘의 때는 양치기 소년 이야기와 같다.
늑대가 출현하는 때가 온 것이다.

이제껏 얼마나 많은 양치기(종교, 철학)들이 거짓말을 해댔던가.
사람들은 그들의 외침에 따라 자기 일도 그만두고 언덕에 올라갔다.
하지만 그 언덕에서는 아무런 결실도, 소득도 있지 않았다.
모두 다 초라한 모습으로 언덕을 내려왔을 뿐이다.
누가 구원의 소득을 얻었는가.
어느 양치기(종교가)가 구원의 몫을 나눠줬는가.
소득이 있었다면 나타내 보여줘라!
보일 수 없다면 다 '꽝' 이고 거짓이다.

이제 사람들은 언덕 위(形而上學)의 손짓과 외침 따윈
거들떠보지도, 귀 기울이지도 않게 됐다.
더 이상 속지 않기로 작정한 것이다.

그런데 이제 정말 때가 왔다.
물질(질료)이 온통 세상을 지배하는 캄캄한 어둠의 때에
하늘 신랑(정신)의 외침이 들려오고 있는 것이다.

깨어 있는가!

깨어있는 자 문 밖을 나와라!

마음의 등불을 켠 자,
선한 목자(양치기)의 외침을 듣는 때이다. ●

현실 現實

1

이제 현실이다.

산속에 있으면 산(산의 크기)에 대해 잘 파악하기 힘들고,

산을 나와 멀리 두고서야 그 크기를 제대로 파악할 수 있게 된다.

시대적인 일과 인물에 대해서도 이와 같은 현상이 나타난다.

가까이 있는 실체들로서는 오히려 그 시대의 실상들에 대해 모르기 십상

이고, 시간(공간)적으로 멀리 지나온 다음에야 그 실상들에 대해 잘 알게

되는 것이다. 그러므로 현실인이지만, 현실을 넘어선 마음으로 오늘을 살

펴보려는 것이다.

오늘의 사회는 물질주의가 극을 이룬 물질만능 사회이다.

오늘의 사람들에게 큰 집과 큰 차는 자랑거리 중 자랑거리가 되었다.

멀리서 본 이 세대의 이 모습은 흡사 어린아이의 '소꿉놀이'와 같다.

인생의 어렸을 적, 어린아이였을 적엔 그것이 인생의 전부인양

장난감 하나하나, 인형 하나하나에 집착하여 울고불고하지만,

성인이 된 다음에는 그와 같은 일들은 더 이상 하지 않게 된다.

그와 같은 일들이 부질없는, 하잘 것 없는 일들임을 알게 된 것이다.

나는 노인들의 세계에서 더 좋은 지팡이가 자랑이 되는 것을 보았고,

환자들의 세계에서 더 좋은 목발과 휠체어가 자랑이 되는 것을 보았다.

그것이 현실(생활) 속에서 이루어지는 자연스런 한 면모임을 모르지 않는다.
하지만 정정한 자에게 있어 좋은 지팡이가 무슨 자랑이 될 것이며,
건강한 자에게 있어 좋은 목발과 휠체어가 무슨 자랑이 될 것인가?
그것을 안다면, 분수가 아닌 주제넘은 자랑은 삼가게 되지 않겠는가?

그것을 안다면, 오늘의 큰 집(차) 자랑은 어린이의 일보다 유치한 일임을
알 수 있게 되지 않겠는가?

큰 차를 자랑하려는가?
큰 차일수록 도로에서의 양보(배려) 폭은 작은 것이다.

큰 집을 자랑 하려는가?
큰 집일수록 그 안에서의 행복은 채우기 힘든 것이다.
이것은 사실이다. 가슴 벅찬 행복은 작은 공간에서 얻을 수 있는 것이다.

큰 차와 큰 집을 자랑하려면 먼저 이타적 질서를 이루고 그렇게 할 것이다.
이타적 질서 아래 그와 같은 것들은 유치하거나, 추한 것이 되지 아니한다.

그렇다고,
어린아이가 그들의 일(소꿉놀이)에 무관심할 수는 없는 것이고,
현실인이 그들의 일(현실의 물질추구)에 소홀할 수는 없는 노릇이다.

오히려 그것은 그것이 세상의 전부인양 몰두해야 할 일이다.
단지 그 너머 가치에 대해 먼저 알고 해야 한다는 것이다.
도덕, 사랑, 예절 등의 이타적 가치를 먼저 세우고(자랑하고),
그 위에서 모든 물질적 가치를 추구하고 자랑할 일이다.

2

난 말하였다.
악마의 정체는 거짓(거짓말)이고, 주님의 정체는 진실(진리)이라고.

그럼 지금 이 세대는 어떨까? 어떤 정체성을 가지고 있을까?

이 세대는 진실을 말하여 죄가 되는 세상이 되었다.
진실을, 힘센 자의 코에 걸면 '사생활 보호법(저촉)'이 되어 걸리고,
그것을 약한 자의 귀에 걸면 '비리'가 되어 걸려 들어간다.
지금은 이런 사회이다.
이것으로 이 시대 정신계의 춘향 길은정이 죽었다.
일기에 사심 없이 적은 진실의 내용들이 상대의 인권을 침해했다는 것
이다.
이 시대 판사는 그것이 사실이냐, 아니냐는 상관하지도 않았다.
작성된 원고 소장을 바탕으로 인권침해여부만 참조했을 뿐이다.

본질을 알지 못하고 어떻게 진실을 판(判)할 수 있겠는가!

그렇게, 이 시대의 성(聖)춘향 길은정은 이년여의 세월동안

옥중보다 더 큰 심적 부담의 소를 치르며, 자신의 병을 키우게 된 것이다.

이 사실은 만천하가 다 아는 사실이고 공중 또한 할 수 있는 일이지만,

그 죽음에 대해 책임질 사람은 아무도 없다.

법이란 이런 것이다.

돌이킬 수 없는 짓을 서슴없이 해놓고 아무 책임 없이 지나가는 것이다.

멀쩡한 사람을 십자가에 매달고, 자신은 자신의 만찬을 즐기는 것이다.

진실을 매장하고 보호해야 할 사생활이란 게 도대체 뭐냐!

'그 나라' 에서, 보호해야 할 사생활이란 아무것도 없다!

보호해야 할 사생활이란

겉과 속이 다르고,

어제와 오늘이 다르고,

나와 네가 다른,

이중인격, 이중생활, 이중사회에서 나온 것이다.

추잡하고 간악한 악마(이기)의 사회에서 나온 것이다.

겉과 속이 하나고,

어제와 오늘이 하나고,

나와 네가 하나인 '그 나라' 에서는 그와 같은 것들은 존재하지 않는다.

추한 것도 없으며, 더불어 그것을 이용해 먹는 일 또한 존재하지 않는다.

그저 진실 하나로 형통하는 것이다.

'그 나라' 는 양심으로 이루어지는 사회이다.

양심이 곧 종교이고, 신앙이며, 법(法)인 사회이다.

3

이 세대는 모든 것이 뒤바뀐 세대이다.

정신(정신적 가치)보다 물질(물질적 가치)을 우선하고,

이타(利他)보다 이기(利己)를 우선하고,

주는 것보다 받는 것을 우선한다.

받고서 주는 것은 동물의 세계에서 이루어지는 일들이다.

인간은 줌으로써 얻는 우주와 자연의 이치를 배웠다.

그와 같은 방식으로 신은 인간에게 모든 것을 주었다.

인간이 그를 닮아 그와 같은 인격을 이루는 것이 존재의 목적이다.

먼저 주라는 말은

받는 것, 채우는 것, 누리는 것을 마다하거나 소홀히 하라는 말이 아니다.
오히려 그 모든 것들을 더 충만하게 이루기 위해 단계를 거치라는 말이다.
그 모든 것이 필요한 줄은 이미 하늘 아버지가 아신다.(누가 12:30)
인간은 먼저 그 나라와 그 의(이타)를 구현해야 하는 것이다.

먼저 주는 일(이타)이란 동물의 세계에선 있을 수 없는 일이다.
그것은 신의 자녀된 인간만이 그를 닮아난 증표로써 갖게 된 것이다.
이기냐? 이타냐!
그것에 따라 인간은 다시 인간과 동물로 갈라진다.
선과 악으로 갈라진다.

신의 자식이냐?
동물의 자식이냐!
정신에 속했느냐?
물질에 속했느냐!

정신은 이타를 주장하고,
몸은 이기를 주장한다.

4

미안한 말이지만

악마(이기)가 임금 되고,

그 악마에 의해 다스려지는 이 세계는

모든 것이 뒤바뀌어진 세상이다.

필요한 것이 천한 대접을 받게 되었고,

부수적인 것이 귀한 대접을 받게 되었다.

이기에 의해 사(私)가 만연하게 된 세상은 공무(공무원)를 필요로 하게 되었고, 이기에 의해 범죄가 만연하게 된 세상은 경찰을 필요로 하게 되었으며, 이기에 의해 분쟁이 만연하게 된 세상은 판·검·변호사를 필요로 하게 되었다.

이기에 의한 분쟁은 국제적으로 확대되어 군(軍)을 필요로 하게 되었고, 이기에 의해 지혜를 잃고 몸 마음의 균형을 상실하게 된 세상은 필연적으로, 병자(病者)를 많이 배출하는 세상이 되어, 많은 병·의원을 필요로 하게 된 것이다.

물론 위와 같은 일들은 악(이기)이 없는 사회에 있어서도 없을 수 없는 필요한 일들이지만, 지금과 같은 비중이 아닌, 극히 적은 비중만으로도 운영이 가능하게 되는 것이다.

이상사회는 사회 건설현장과 산업현장에서의 일들이 더 필요로 요구되는 사회이다. 지금 사회에서 천하게 대접받는 일들이야말로 그 나라에선 더욱 필요한 일들인 것이다.

중요도는 필요도에서 온다.

그 사회상황의 필요도에 의해서 그의 중요성이 결정되는 것이다.

이상사회에서는 지금과 같은 소모적인 사회 요소들이 사라지게 되므로,

바쁘지 않아도 모두가 여유롭고, 만족감 속에서 살아가게 되는 것이다.

5

뭇 종교인들이 그리는 '천국' 의 나라가 정말 있다고 한다면

그 나라에서의 모습과 생활은 각각 어떤 것일까?

21세기의 현대인이라면 이제 그에 대한 막연한 공상을 버리고,

보다 구체적이고 실제적인 모습에 대해 접근해 보아야 한다.

과연 이 지구상보다 아름다운 다른 나라를 그릴 수 있을까?

이기적인 자신을 가지고 그 나라에 가면 다른 삶, 다른 세계가 펼쳐질 수 있을 것 같은가?

천만에! 자신의 이기를 버리지 않는 한,

어디서건 결코 다른 삶, 다른 세계가 있을 수 없다.

천국은 자신의 마음속에 있는 것이다. (누가 17:21)

다음은 오늘 세대를 그린 이야기이다.

가나안의 두 갈래 길

가나안으로 가는 두 갈래 길이 있었다.
한 쪽에 벤츠와 함께 배불뚝이 신사가 대기하고 있었다.
고속도로를 내달려 그곳으로 갈 것이었다.

이 세대의 여자들은 모두 이 신사를 택했다.
선착순으로 몰려와 선택된 일부만이 승차했다.

한 시간을 내달릴 때….
편안함은 이내 잊혀지고 지루함이 찾아왔다.
곤히 잠잘 수 있었음에도 족한 여정이었다.

기다리던 가나안에 도착하고 삼일 째….
첫날의 감흥은 사라져버렸고, 사랑 또한 식었다.
아니, 애초부터 사랑이 아니었다.

그들은 다시 분주해지기 시작했다.
그곳이 가나안이 아니라는 생각에,

또 다른 가나안을 향할 준비를 했다.

한편,

다른 한 길에 가난한 청년이 작은 트럭과 함께 있었다.

국도를 따라 그 나라를 향해 갈 것이었다.

이 세대의 여자들은 아무도 그를 선택하지 않았다.

할 수 없이 다음 세대를 기다려 출발하게 되었다.

한 시간을 지날 때….

덜컹거리는 소음은 곧 잊혀지고, 자연의 속삭임이 들려왔다.

푸른 하늘과 뭉게구름, 시원한 바람과 붉은 저녁놀 그리고 밤하늘별이 빛날

때…. 그녀의 가슴속에는 알 수 없고, 설명할 수 없는 사랑과 감사의 감

정이 밀려왔다. 바라고 가는 길이 가나안이 아닐지라도 상관없는 여정이라

생각했다.

가나안에 도착하고 삼일 후….

가나안역 난간에 기대어, 생각에 잠겨있다.

기다리는 분당행 열차가 두 번이나 지나갔다.

그녀는 지금의 사랑과 행복이 영원으로 이어져 있음을 알았다.

6

한국인은 자신이 갖고 있는 기후적 영향이 가미되어,
다소 기복이 큰 다혈질 성향의 기질을 지니게 됐다.
여름날의 뜨거움은 열대지방의 것보다 더 뜨겁고
겨울날의 싸늘함은 한대지방의 것보다 더 싸늘하여,
획일주의(공산주의)적 가치를 꽃피우기도 하였지만(북한),
자유주의(민주주의)적 가치도 꽃피운 것이다.

또 한국은 동서양의 모든 정신문명(종교, 철학)도 꽃피웠지만,
현대에 있어서의 모든 물질문명도 꽃피우고 있는 것이다.

문제는 오늘의 물질문명의 심지(心地)가 이기(利己)라는 것이다.

물질적 가치를 생산해내고 있는 산업현장은 이기의 생산현장이다.
오늘의 산업을 대표하고 있는 자동차와 휴대폰 산업현장에 가면
자신들 제품이 아니면 자사 출입과 이용이 안 되게 해놓았다.
즉, 현대, 기아차(車) 회사 내에 타사 자동차가 출입할 수 없게 해놨고,
SK, LG텔레콤 사(社)내에 KTF 휴대폰이 터지지 않도록 해놓은 것이다.
그것이 자신들 회사의 업무를 위해 왔든, 아니든 아무 상관이 없다.
자신들의 업무효율과 아무 상관없이 텃새와 알력으로 그러는 것이다.
그야말로 이기의 극을 생산하는 이기의 첨단 현장이 아닐 수 없다.

자사 제품이 아니라는 것만으로 출입통제, 이용불가 장치를 해놓은 건
자국 제품의 신발을 신지 않은 것으로 공항 입국을 불허한 것과 같은 것
이다.
이런 몰상식적인 기업들이 사회를 이끌고 있고,
그 사람들이 사회의 주도적인 질서를 이루고 있으니,
무엇이 옳고 그른지는 상관없고, 오로지 쟁취(승리)만이 우선인,
동물과 같은 양육강식의 사회가 된 것이다.

오늘의 질서를 대변할 스포츠맨십은 또 어떠한가?
월드컵 축구에서의 면모는 오늘의 사회현실을 그대로 보여주고 있지 않
은가? 이 사회는 지난 월드컵 경기 중, 해설자가 자신의 소견대로 한 해설
을 두고 국가의 이익에 반한 것이 된다는 이유로, 그(신문선)를 매장했다.
스포츠란 무엇인가?
서로의 우의(화합)를 목적하잔 것 아닌가?
어떻게든(반칙이건, 아니건) 상대를 이기는 것이 선(善)이고 목표라면
이러한 사회에서 어떻게 정의를 말할 수 있고, 이타를 찾을 것인가!
말했지 않은가!
체리를 위해 잘 단합하고 떼를 이루는 것은 개과 동물이 잘하는 것이라고.
인간이라면 먼저 진리(옳고 그름)를 놓고 하나 되라고.

그러므로 ‘신의 선물’ 을 품고 오는 새 시대의 님은

(반칙으로 얻은) 지금의 승리를 인정하지 않으신다.

지금의 부와 명예를 善으로 인정하지 않으신다.

그래서 그는 앞 선자가 뒤에 서게 하고, 뒤 선 자가 앞서게 하는 것이다.

7

지금의 부와 명예를 善으로 인정받으려면

물속 깊이 머리를 쳐박고 몸으로 떠올라야 한다.

모든 것을 버리고 겸손으로 다시서야 하는 것이다.

이제 한국은 가던 걸음을 멈추고 자신을 돌아보아야 한다.

이제까지 이룬 정신과 물질문명의 꽃을 열매로 이어,

이타의 질서에로 나아가야 한다.

유구한 역사 속에서도 타국을 침략한 일이 없었던,

그 본래의 착한 심성을 세계 앞에 나타내야 한다.

동방예의지국(東方禮義之國)의 면모를 되찾아야 한다.

한 때 미국을 본으로 하여 그 문명을 따랐지만,

이젠 미국을 리드하여 善으로 세계를 선도해야 한다.

이것은 한 때(1970년 이전) 미국이 하려다 못한 것이기도 하다.

이젠 이 나라가 신의 뜻이기도 한 그 사명을 완수해야 한다.

나라가 가진 역사는 값없는 것이 아니다.

이 나라야말로 미국과 비교할 수 없는 유서 깊은 역사의 나라이다.

이 나라는 신이 남몰래 사랑한 나라이다.

이 민족은 유구한 역사 속에서 수 천 번의 외세침략을 겪고도
단 한 번도 남을 침략한 적이 없는, 흰옷 입은 착한 백성이다.
이 은둔의 백성에게 고통과 치욕의 일제 점령기를 있게 한 것은
이유가 있어서이다.
결코 이 민족이 재능과 실력, 힘이 없어서 그랬던 것이 아니다.
이 민족 안에 신의 숨은 뜻이 있었기 때문이다.
그 가슴 안에 어두운 가운데 빛나는 보석이 간직돼 있기 때문이다.
이 나라가 바로 새 시대의 님이 오는 나라이기 때문이다.

이제 고독의 방문이 열리고 부름을 맞는 때이다.
설렘과 어둠과 희망과 불안이 교차되는 순간이다.

이 나라가 이기의 질서를 버리고 이타의 질서를 되찾게 되면,
이 나라는 세계를 밝히는 동방의 등불이 될 것이다.

동방(東方)의 등불 | 타고르

일찍이 아시아의 황금시기에

빛나던 등불의 하나인 코리아

그 등불 다시 한 번 켜지는 날에

너는 동방의 밝은 빛이 되리라

마음에 두려움이 없고 머리는 높이 쳐들린 곳

지식은 자유롭고

좁다란 담 벽으로 세계가 조각조각 갈라지지 않은 곳

진실의 깊은 속에서 말씀이 솟아나는 곳

끊임없는 노력이 완성을 향해 팔을 벌리는 곳

지성의 맑은 흐름이

굳어진 습관의 모래벌판에 길 잃지 않은 곳

무한히 퍼져나가는 생각과 행동으로

우리들의 마음이 인도되는 곳

그러한 자유의 천당(천국)으로

나의 마음의 조국 코리아여 깨어나소서.

불꽃놀이

깨었는가, 그대
어둠 지나 새벽 오나니
그대 불을 밝혀 어둠위에 서라
어둠이 그댈 삼키지 않도록
밝혀라, 그대 정신의 불꽃을

어둡구나, 불 꺼진 영혼들
가교 있으되 보지 못하도다.
가교로 오신, 다시 오신 님
오늘 가교 다시 무너질 것인가?

한국인이 지닌 성향 중에 중요한 한 가지는 끝을 보는 기질이다.
자기가 관심하거나, 옳다고 믿는 일은 포기하지 않고 끝을 보는 것이다.
이것이 그래도 흠 많은 이 민족에게 일루의 희망을 걸게 되는 이유이다.
이 민족 앞에 이타의 태양이 떠오르면 그 물결은 곧 반사되어 출렁일 것
이다. ●

조승희

얼마 전 미국 버지니아공대에서 총격사건을 일으킨 한국 청년의 이름이다.
이 사건을 놓고 사회는 그를 과대 피해망상과 편집형 정신분열 등의
복합적 성격장애자로 규정하였고, 사회문제에 대해서는 한번도 반성됨이
없었다.

그는 단순한 미치광이인가?
그렇다면, 그를 생산한 건 누구인가.
바로 이기 가득한 이 세상이 아닌가?
그가 '과대 피해망상증' 을 갖고 있다고 했다.
그는 정말 사회로부터 아무런 피해 입은 바 없을까?

이 사회는 불법을 행하는 악마(이기주의)로 인해 주도되고 있고,
그와 같은 불법의 악마(이기주의)들 때문에 군(軍), 경(警), 판, 검, 변호사,
공무원, 의사 등 비생산적인 (일)손들이 많이 필요해진 사회가 되었다.
그에 따라 사회현장(건설, 산업현장)에서의 양심인들은
실질적인 피해를 보고 있는 것이다.
곧, 사적(私的)인 사람들 때문에 공무원이 더 많이 필요해졌고,
그에 따라 법 없이도 살만한 '양심' 을 지키는 사람들은
더 많은 비용을 세금 등으로 추가 지급하고 있는 것이다.
거기에 더하여 그 기득 집단들이 이익을 더 챙기려하기 때문에
'양심인' 의 주머니는 더 가벼워지고, 그 삶은 더 고달파진 것이다.

대기업 집단들이 더 챙기려했기 때문에 물건 값은 더 올랐고,

병원(의사)들이 더 챙기려했기 때문에 건강보험은 올랐으며,

공무원들이 더 편하게, 더 많이 챙기려했기 때문에

그에 따른 '쪽수(인원)'와 비용이 많아져 세금이 늘어났다.

그럼 결과적으로 누가 피해를 보고 있는 것인가.

착하고 양심적인 사람들이 실제적 피해를 보고 있는 것 아닌가?

아직도 조승희의 절규가 미치광이 소리로만 들리는가?

그렇다면 이 사회는 희망이 없다.

설사 그가 정말 한갓 미치광이에 불과하다 할지라도

그 상처를 품어 어루만져줄 수 있는 사회가 되지 않으면 아니 된다.

조승희의 행적은 이 세대에 대한 하늘의 경종이다.

그의 말처럼, 이 시대의 약자는 설자리가 있지 않다.

약자는 양육강식의 사회에서 죽어야(도태돼야) 하는가?

인간의 자리가 양육강식하는 동물의 자리인가?

천만에! 인간의 자리는 결코 동물의 자리가 아니다.

인간의 자리는 동물을 극복하자는 자리이다.

처음 이타를 자각했고, 그 이타를 완수하자는 자리이다.

동물 지경(地境)을 벗어나 이상세계(理想社會)에 이르자는 자리이다.

이 시대 약자가 설 자리가 어디인가.

강자는 더 챙기려고 단합하고 힘쓴다.

그것을 위해 적(適)과의 동침도 서슴지 않는다.

그 과정에서 온갖 비리를 양산하고 악을 산출한다.

공무원은 공무원을 봐주고,

힘있는 자들은 힘있는 자들끼리 서로 눈감는다.

그런 것들은 '개과 동물' 들이나 잘하는 것이다.

'먹이(이기)' 를 위해 잘 뭉치는 것이 바로 그들인 것이다.

인간이라면 먼저 '진리' 를 위해, 진리를 놓고 하나가 되라.

이 시대 약자들에게는 아무것도 없다.

하물며 그 자신들끼리의 단합도 없다.

이제 이 사회에서의 모든 협회(조합)는 해체돼야 한다.

이기(만)를 목적하는 협회와 조합은 이제 필요 없다.

이기에 의한 조합을 가장 크게 이룬 것이 공산사회이다.

공산도, 자본도 '이기' 를 못 면하는 한 결코 '선' 이 될 수 없다.

이기를 버려라!

새천년의 세계는 이기의 중력을 벗어나야 하는 시대이다.

새천년의 세계는 '이타의 질서' 아래 다시 조합되어야 한다. ●

노무현

1

하늘의 뜻을 누구도 다 알 수 없는 것은,
"깨어 있어라", "조건을 보지 마라"하고 이르는 이도
전혀 예상치 못한 일들이 도둑처럼 임하기 때문이다.
노무현은 그런 사람이다.
도저히 가망 없을 듯한 정치판에 도둑처럼 나타난 사람이다.
어떻게 한국의 정치 풍토에 저런 사람이 나타났는지 모를 일이다.
한국의 정치풍토, 적당히 타협하고 인맥과 '돈맥'으로 짜여 연결된,
습하고 질펀한 진흙의 저지대에 어떻게 저런 종자(種子),
메마르고 척박한 고산지대의 종자가 떨어졌는지 모른다.
떨어졌을 뿐만 아니라 생존했고, 또 대통령으로 섰으니
어찌 하늘의 뜻을 다 알 수 있을 것인가!

하지만 또 알 수 있을 듯도 한 것은,
이제는 권력이 제일인 시대가 아니고 돈이 제일인 시대가 된 것이다.
그 돈에 의해 기업도, 권력도, 언론도, 사람의 마음도, 움직이게 됐다.
흡사 이 시대는 물질 전염병이 창궐한 시대이다.
이것은 외과의사(정치가)도 어쩔 수 없는,
내과의사(종교가), 또는 세균학자(철학가)의 몫인 것이다.
노대통령은, 대통령도 돈(물질만능주의)을 어쩔 수 없다는 것을
일면 보이기 위해 온 것이 아닐까?

물론, 일면이다.

2

바람과 구름이 기압이 낮은 곳을 따라 움직이어 지구의 질서를 이루듯,
건강은 마음이 몸의 약한 부분에 자신을 움직임으로 유지되는 것이다.

가족의 평화(행복)는 아픈 손가락(가족)을 감쌈으로써 이루어지는 것이고,
국가의 평화 또한 소외된 계층을 외면하지 않음으로써 성사되는 것이다.
한 나라의 대통령이라면 마땅히 사회빈자해결을 주 안건으로 삼아야 한다.

강자만이 살아남는 자연계의 끝에서 인간이 나온 것은,
자연계가 이미 양육강식의 세계가 아니라는 의미이다.
자연계의 끝에 선 그 영장(靈長), 인간이 지금 약자,
사라져가는 수많은 동식물들을 돌보려하지 않는가!
이 한국 또한 유엔을 통하여 구함 받지 않았는가!

자연 세계의 근본 메커니즘은 양육강식이 아니다.
자연의 근본 메커니즘은 보다 큰 것으로 이동하는 한 질서이다.
그래서 피조물이 고대하는 바는 진정한 인간(이타적 인간)
즉, 하나님의 아들들이 나타나는 것이라고 한 것이다. (로 8:19)

여기서 노무현 한 사람에 대해 이야기 하는 것은
그와 같은 류(類)의 다른 사람에 대해 더불어 이야기하는 것이다.
한 사람의 위대함은 그 만이 특별나게 위대한 것이 아니라
그와 비슷한 여러 사람을 포함해서 있는 것이다.
한 사람의 위대는 저 혼자 그 위대를 이룬 것이 아니라
과거에 왔다갔던 수많은 선조(靈)에 의해 이루어진 것이다.
복(伏)날의 뜨거움은 여름날의 계절 위에 선 것이고,
대한(大寒)의 차가움은 겨울날의 계절에서 온 것이다.
지금은 과거에 왔다갔던 의로운 영혼들이
산 사람의 맥박을 통하여 고동치는 때이다.

세상에는 약자를 생각하는 본성을 타고난 사람들이 있다.
그것은 과거의 예수가 사회 약자에 대해 그랬던 것처럼,
신의 아들들(인간)이 자연을 대하여 그렇게 하는 것처럼,
본성에 따라, 약자에 대해 연민을 느끼고 마음을 쓰는 것이다.
그래서 그들은 개과 동물들처럼 자기 이익을 위해 무리 짓지 않고
학처럼 고고하게 저녁 조수 위에 머무르는 것이다.

3

지금까지 조·중·동으로 대표되는 언론은 대통령과 날을 세운 채,

첨예하게 대립하여 왔다.

목구멍이 포도청(제1의 권력)이라고

광고로 먹고 사는 처지인지라 그 주체자인 기득권의 입장을 외면할 수 없었고, 대통령은 분배로 이어지는 서민복지정책을 우선하므로 대립이 불가피했던 것이다.

해결의 열쇠는 하나뿐이다.

현실의 고개를 넘는 것이다.

아무리 목구멍이 포도청일지라도,

마지막 선상에선 대의에 따라야 한다.

그래야 새 지경의 세계로 나아갈 수 있는 것이다.

노대통령은 현실을 넘어선 것을 보여주었다.

모든 정치인이 피했던 FTA 안점을, 약자를 대변했던 그가 열었다는 것은 그가 정치적 인기나 개인적 영욕에 머물러있지 않다는 것을 보여준 것이다. 그래서 그는 그토록 외면했던 언론들로부터 인정을 받게 된 것이다.

'하늘이 낸 대통령', '복 받은 나라', '레임덕을 극복한 성공한 대통령', 이것이 그가 적(언론)으로부터 받은 인증서이다.

적으로부터 받은 인증은 더 확실한(결정적인) 인증이 된다.

그리고 그 적을 인정한 자, 그 또한 진정한 승자가 된다.

뜻은 이루어지지 않음으로 그 심지(뿌리)를 더 튼튼하게 한다.

대통령과 언론, 양자의 민주적 쟁론은 국민의 사고지평을 넓혀주었다
이제 마무리가 중요하다.
과정의 잘잘못(옳고 그름)은 마무리에 의해 가름된다.
마지막은 대의로 마감돼야 한다.

승리는 적을 쓰러뜨림으로 얻어지는 게 아니라,
한 단계 나아감(진보함)으로 얻는 것이다.

4

정치(정치 성향)는 사랑과 같아서,
그 안에 콩깍지가 쓰이면 누가 뭐라 하든, 귀에 들어오지 않게 된다.
그래서 큰 것으로 주변을 둘러봐야 한다.
시대가 어떤 시대냐 하는 것이다.
선악, 옳고 그름은 때와 상황에 따라서 달라지는 것이다.

똥이 도심에 버려지면 오물이 되지만,
논밭에 버려지면 선물(거름)이 된다.
그리고 그것도, 때(봄, 여름)가 지나면 해(害)가 된다.
때에 소용(필요)되어지는 것이 선(善)이다.
지금, 여기가 아니면 다음엔 아무 소용없다.

지나간 다음에 부모효도는 아무 소용없다.

지나간 다음에 예수찬양은 아무 소용없다.

지나간 다음에 오른 땅값은 아무 소용없다.

지나간 다음에 오른 주식은 아무 소용없다.

한가지, 소용되는 것이 있다면,

그것은 그 과거를 교훈삼아 오늘을 지신(至新)하는 것이다.

현실에 최선을 다하고 곁에 있는 사람에게 선을 베풀자는 것이다.

양심에 따라 행하는 것이 바로 신에게 행하는 것이고,

소자(小子)에게 행하는 것이 바로 '그님'에게 하는 것이다.

대통령이 스스로의 권위를 낮춘 것은 단점이지만,

이제 오는 민초(서민)의 시대에서는 장점이 된다.

권위보다 진실(솔직)이 필요한 시대가 된 것이다.

말세의 때는 모든 것이 교차되는 시대이므로

선·악, 의·불의에 대한 해석을 자꾸 재해석해야 한다.

어제까지는 반공이 옳았을지라도

오늘은 다르다.

이제는 화합이 더 필요하게 된 것이다.

어제까지는 성장(자본주의)이 옳았을지라도
오늘은 또 다르다.
이제는 균형이 더 필요한 순간이 온 것이다.

이기를 버려야 한다.
이기를 버려야 시대의 요구하는 바를 알게 된다.

5

이기의 극을 달리는 이 사회는 이제 부모도 몰라보는 사회가 되었다.
하늘도 몰라보고, 남편도, 어른도, 대통도 몰라보는 사회가 되었다.

우리들의 선조가 불쌍하지 아니한가?
그들이 일궈온 수고의 값이 이런 것이라면 그야말로 허무하지 아니한가?

그들이 단지 이기의 빵덩이 한 조각에 싸우는 이 사회를 위하여
일제(日帝)와 6·25의 시련의 골짜기를 피눈물로 메워왔단 말인가?

너와 내가 적(敵)인 이 사회를 위하여
그 많은 敵들을 물리쳐왔단 말인가?

그들이 단지 이기의 내 배를 채우고 낄낄거리는 이 사회를 위해
의분강개(義憤慷慨)의 마음으로 적진을 향하고,
초개와 같이 자신을 버렸단 말인가?
이역만리 타국에서 그토록 이 나라를 그리워하며
두 눈을 채 감지 못하고 쓸쓸히 죽어갔단 말인가?
아니다. 우리 선조들이 싸우고 독립을 외치고 목숨을 던진 이유는
자신만이 잘 먹고 잘 사는 이기의 사회가 목적이 아니다.
더불어 함께 잘사는, 한겨레 한 인류(세계)가 목적이었다.

오늘 길가에서, 고난의 아리랑 고개를 넘어와 등이 휘어
꼬부랑길을 걷고 있는 우리의 노인들이 불쌍하지 아니한가?
백발이 성하여 저물어가는 그들 노후가 가련하지 아니한가?
힘없고 쇠하여,
이제는 자신의 자녀들에게마저 천대받는 저들이 안쓰럽지 아니한가?
이 사회는 이제라도 그들을 얼싸안고 어루만져줘야 한다.
그들을 붙잡고 울 수 있는 사회가 돼야 한다.
왜냐하면 저들은 저 자신도 자신의 값을 모르고 있기 때문이다.
저들이 얼마나 수고로운 길을 갔는지, 저 자신들도 모르기 때문이다.
그 길이 얼마나 값진 희생의 길이었는지, 자신들도 모르고 있기 때문이다.
고군분투한 그 길이 다름 아닌 신의 뜻 길이었다는 걸 그들이 알겠는가?
눈앞에 펼쳐진 아귀(餓鬼)의 이 사회를 놓고,

어떻게 자신의 고난길이 신의 뜻길이었다는 것을 알 수 있겠는가!
눈앞에 펼쳐진 부모형제도 모르게 된 이 이기의 물질사회를 놓고
어떻게 자신의 눈물길이 하늘의 눈물길이었다는 걸 알 수 있겠는가!
이 사회의 현실은 선조들의 희생의 값을 무의로 돌린 것이다.

이 민족은 이날 대성통곡하여 민족영령 앞에 회개해야 한다.

침식을 금하고 결행하여 이타의 길 위에 서야 한다.

그것만이 조상과 하늘 앞에 일말의 위로로 서는 것이다. ●

맺는 말

세계의 중심(중간)은 태평양이고,

태평양의 중심은 극동이고,

극동의 중심은 한국이다.

또 한국의 중심(중간)은 (화천과 함께) 청평이다.

난 이렇게 중간에 대해 생각했다.

기체와 고체의 중간(물)에서 생명이 나왔고,

(물은 기체(수증기)도 될 수 있고, 고체(얼음)도 될 수 있는 cross over 물질이다)

그것도 바다와 뭍의 중간인 늪에서 나왔듯이,

인격적 생명(인간)은

가로(김)와 세로(직립),

육식과 채식의

중도(병행)된 생활양식이 원인이 되었을 것이다.

그리고 인간은 (몸) 크기에 있어서도 중간(쯤)이다.

한국은 나라 크기에 있어서도 중간이고,

기후에 있어서도 열대(熱帶)와 한대(寒帶)의 중간이며,

인종에 있어서도 (흑인과 백인의) 중간이다.

또, 이념(종교)에 있어서도 서양(기독)과 동양(유불선)의

중간(중도)을 이루고 있다.

이 중간(한국)에서 발전된 무엇이 나오지 않을까?

지금은 또 과거(21세기 이전)와 미래(21세기 이후),

정신(자연)과 물질(기계문명),

구세대와 신세대의 중간쯤을 지나고 있다.

지금까지 나는 주관적인 주장으로 여겨질 말들을 해왔다.

혹, 그것이 개인의 지나친 주장이라 할 이도 있을 것이다.

하지만 그야말로 사사로운 감정을 붙잡고 있는 자이다.

그보다 먼저 이루고 있는 객관들을 놓치고 있는 것이다.

나는 객관의 근거가 되는 논리를 저버리지 않았다.

논리는 곧 과학이고, 객관이다.

아인슈타인의 상대성도 논리(이론)에서 나온 것이고,

스티븐 호킹의 블랙홀도 가설적 이론이 바탕 된 것이다.

주관을 더 크게 보느냐, 객관을 더 크게 보느냐는 각자의 몫이다.

무엇보다 나는 공적인 마음을 바탕으로 해서 냈다.

그것은 나의 님(예수)이 그러했기 때문이다.

그는 욕(辱)까지도 공적(公的)으로 낸 사람이다.

진리는 빛이다.

직단을 관통한다.

어렵게 말하지 아니하고, 우회하지 아니한다.

진리는 또 과학이고 논리이다.

첨단일수록 단순과 간단의 형태로 나타나는 것이다.

이런 각도에서 지금의 불교적 가르침은 진리와 멀다.

원래 동양의 주 진리는 불(佛)이 아니라 선(禪)이다.

이것이 석가의 왕자라는 신분에 의해 중간에 변형된 것이다.

이것은 천한 신분의 사람(예수)이 처형된 것과 맥을 같이한다.

사람들은 보이는 것에 혹하고, 마음을 움직인다.

사람들이 석가의 왕자라는 신분 때문에,

왕자라는 신분자(者)의 자진적인 고행에 마음이 혹(惑)하여,

그를 관심하고, 따르고, 추앙했던 것이다.

하지만 그는 결국 고행을 내던져버리고 자신의 길을 가지 않았던가?

그는 한국의 호랑이처럼, 하늘이 준 메시지 '고행(苦行)'을 차버리고 나가

자기의 발자국(설법)을 남기기 시작했던 것이다.

이것은 마치 아브라함이 본부인(사라)을 버리고 종(하갈)을 품어 이스마엘

을 남긴 것과 마찬가지다.

호랑이는 죽어 가죽을 남긴다던가?

지금의 주문(설법) 불교와 이슬람은 그 가죽이다.

진실은 그때그때의 순간이고, 그때그때의 말들이다.

또 그때그때의 생명이고, 그때그때의 상황(생활)이다.

멀리서 오는 우주의 별빛보다,

가까이 있는 영혼의 눈빛이 진실에 가까운 것이다.

이 글은 인터넷 속에서(순간 속에서) 이미 이루어졌던 글들이다.

하지만 구슬이 서(세)말이라도 값을 쳐주지 않음으로 엮게 된 것이다.

나는 나의 선조들에 이어 이 세대에서 버림받은 사람이다.

나는 이 버림받음이 하늘로부터 선택된 때문인 줄을 알았다.

하지만 그 선택에 아무리 크고 대단한 선물이 준비돼있을지라도,

나는 내가 가지게 된 고통을 절대로 메울 수 없다고 생각했다.

그래서 나는 모든 것을 되돌리고 싶었고, 거부하고 싶었다.

하지만 그것은 누구도 어찌할 수 없는 현실의 일이었다.

사실, 버림받았다는 것은 그다지 슬픈 일이 아니었다.

조용히 홀로 하늘이 열어준 세계를 바라보는 것으로도 만족할 수 있었기

때문이다. 하지만 또 하나의 버림받은 '다른 영혼'을 알게 된 후, 도저히

그럴 수가 없었다. 그것은 무엇으로도 대체할 수 없고, 해결될 수도 없는

그러한 고통이었다.

또 하나의 버림받은 영혼 길.은.정.

나는 그녀의 죽음으로 인하여 영원히 마를 수 없는 눈물샘을 가지게 되

었다.

샘

내 심장은 고성능 펌프

깊고 깊은 심연의 못가
높고 높은 이성의 둑 위
폭포같은 물줄기 뿜어내

내 가슴은 천년 고인 호수
퍼내도 줄지 않는 심연 샘

이내 샘물 천년 다시 흘러
그대 생명 피울 수 있을까?

그녀는 이 세상에서 가장 착하고 순수한 영혼이었고,

깊고 고독한 영혼이었다.

그리고 이 시대 마지막 '정신주의자' 였다.

혹자는 내가 그녀를 두고 하는 표현들이 지나치다 할지도 모른다.

그녀처럼 고통받는 여성이 얼마든지 있지 않느냐고 반문할 것이다.

물론 그렇기도 하다.

그녀보다 더 고통스럽고, 순수한 여성이 있을지도 모른다.

그것을 부정할 수는 없다.

하지만 여러 가지 면에서 그녀는 마지막에 대한 상징을 보여주고 있다.

그것을 이 세대에서, 이 지면에서 다 밝힐 수 없음이 안타까울 뿐이다.

그녀의 깊은 정신세계는 아무에게도 소통되지 못하고
자신만의 섬에 고립되어 있었다.

이 글을 버림받은 자의 노래라 했다.
버린 사람들에게 "왜 그랬는가?"라고 물어보면
그들도 왜 그랬는지 마땅한 답을 찾지 못한다.
마치 대통령을 파면했던 국회의 사람들처럼
해놓고는, "우리가 왜 그랬지?"하고 곤혹스러워하는 것이다.

그 옛날 요셉을 죽이려다, 상인에게 팔아먹은 그 형제들에게,
"왜 그리했소!"라고 물으면 무어라 대답할까?

또, "십자가에 죽이소서!"하며 동족의 사형을 주문하던 유대인들에게,
"왜 그리했소!"라고 물으면 무어라 대답할까?

저들은, 저들이 한 행위를, 저 자신들도 잘 모른다.
그저 순간의 감정과 성질을 주체하지 못해 저지른 일이다.
그들에게 "왜 그랬소?"라고 물으면 그들은 단지,
"그가 이해 못할 말을 지껄였다"고 할 것이다.

다시, "그것이 당신에게 무슨 해악이 되었소!"하고 다시 물으면
그들은 더 이상 아무 말을 하지 못하고 눈만 껌벅이는 것이다.

저들은 잘 알고 있었다.

그들이 착하며, 결코 악한 사람이 아니라는 걸.
하지만 순간을 이해할 수 없어 일을 저지르게 된 것이다.
저들이 이해 못할 주장을 한 것은 사실이다.
궁예도, 최영도, 이순신도, 요셉도, 갈렙도, 예수도….
그 현실에 비켜 뜬구름(理想)의 말들을 했던 것이다.
하지만 그것이 어쨌단 말인가?
중요한 것은 그들의 행동이 아니던가?
킬리만자로의 꼭대기(理想)가 눈(實在)이든, 구름(虛荒)이든
오르는 것에 생의 의미가 있는 것 아닌가?

버림받은 원인을 생각하면, 따로 이유는 있다.
이 세상의 가치 – 돈, 현실 – 를 따르지 않고,
하늘의 가치 – 정신, 이상 – 를 따랐기 때문이다.
정신의 가치를 따랐다는 말은 그들만이 인격적이었다는 말이 아니다.
단, 누구든지 전일한 마음으로 정신적 가치를 추구한다면
그 물질의 세계(현실)에서 버림받는 과정을 거치게 됨을 알게 될 것이다.

세상에서 버림받게 되면, 반대로 얻는 것이 있다.
고통의 연단이 영원의 문으로 나아가게 하는 것이다.

아마 태초의 인간도 이러한 과정을 통해서 나왔을 것이다.
진화된 원숭이에서 더 정신적인 것을 추구하는 한 존재가,
‘무리에서 버림을 받으면서’ 나왔을 것이다.

악마(이기의 세상)는 외친다. "물질을 따라라!"라고….

그 명령을 저버리는 자를 세상은 용납하지 않는다.

이것이 지금까지 뭇 의인들이 고통의 길을 가게 된 이유이다.

이것이 십자가를 예언할 수 있었던 이유이다.

하지만 이제 시대가 바뀌었다.

어두운 밤이 지나가고 새벽의 때가 다가왔다.

정신의 가치가 빛을 발하는 때가 온 것이다.

인문이 무너지고 철학이 사장(死藏)된, 불 꺼진 세대.

이제, "때가 왔도다!" 하는 소리가 들리지 않는가?

지금은 신랑이 오는 때이다.

....

이것으로, 이 세대 버림받은 자의 노래를 마감한다.

강조하고 싶은 말들 때문에 생략하게 된 말들이 많게 됐다.

받는 이들의 반향에 따라 내용은 추가될 수도 있을 것이다.

글을 엮는 이는 읽는 이에게 음식을 배달하는 요리사와 같다.

건강은 얼마나 많은 음식을 배달하느냐에 달린 것이 아니라,

얼마나 좋은 영양을 얼마나 (체세포) 깊이에까지 전하느냐에 달린 것이다.

한국의 대표하는 음식으로 된장, 고추장, 김치가 있다.

공통점은 발효된 것이라는 것이고,

그것도 맵고 짠 것으로부터 이루어진, 오랜 고통의 발효라는 것이다.

진수성찬이 아니고, 씹는 고기 맛이 아닐지라도
오랜 고통 속에서 발효되어 나온 것들이므로,
접하는 이가 건강하고 배고픈 이라면,
세상에 없는, 좋은 양식이 될 것으로 믿는다.

마지막으로, '슬픈 꽃'과 길은정의 일기 끝 부분을 옮기며,
이 노래를 마감한다.

슬픈 꽃

슬픈 꽃

난 너를 알지

햇살 고운 창가에 네가 남긴 피아노 소리

슬픈 꽃

난 너를 알지

사람들은 널 모르지

하긴 나도 가끔은 널 잊고 지내지

무엇 때문일까?

바빠서?

그래….

욕망이 있는 한 우린 바쁘고,

살아있는 한 욕망은 우릴 거느리고

우린 쫓기는 것일까?

슬픈 꽃

난 너를 알지

미안해….

난 너를 포옹하면서

잠깐 다른 생각을 한 적이 있어

새로운 바다에 가고 싶다고….

아무도 발 딛지 않은 그런 곳에, 난 가고 싶어

아냐 모르겠어

이젠 아무것도 난 모르는 여자가 됐어

슬픈 꽃

넌 내가 누군지 아니?

슬픈 꽃

네가 바로 나 아닐까?

말이 통하는 사람이 곁에 있었으면 좋겠다.
파랑색처럼 순수하고 맑으며,
천재성이 빛나는 사람이 있었으면 좋겠다.
내가 좋아하는 파란색 같은 사람.

〈길은정 일기 '내가 좋아하는 블루' 중에서〉